古镜今鉴

——最有价值的阅读

李业陶◇著

上海文艺出版社
Shanghai Literature & Art Publishing House

图书在版编目（ＣＩＰ）数据

古镜今鉴：最有价值的阅读 / 李业陶著. -- 上海：
上海文艺出版社，2023（2024.3 重印）
ISBN 978-7-5321-8471-2

Ⅰ.①古… Ⅱ.①李… Ⅲ.①散文集－中国－当代
Ⅳ.① I267

中国版本图书馆 CIP 数据核字 (2022) 第 164056 号

发 行 人：毕　胜
策 划 人：杨　婷
责任编辑：李　平　程方洁
封面设计：悟阅文化
图文制作：悟阅文化

书　　名：古镜今鉴：最有价值的阅读
著　　者：李业陶
出　　版：上海世纪出版集团　上海文艺出版社
地　　址：上海市闵行区号景路 159 弄 A 座 2 楼
发　　行：上海文艺出版社发行中心发行
　　　　　上海市闵行区号景路 159 弄 A 座 2 楼 206 室　201101　www.ewen.co
印　　刷：三河市嵩川印刷有限公司
开　　本：880 × 1230　1/32
印　　张：8
字　　数：194 千
印　　次：2023 年 1 月第 1 版　2024 年 3 月第 2 次印刷
ＩＳＢＮ：978-7-5321-8471-2
定　　价：46.00 元

告读者：如发现本书有质量问题请与印刷厂质量科联系　Ｔ：13932608211

代　序

恨未相识少年时

我喜欢读书，也读了一些书。小时候浏览儿童读物，后来喜欢读小说，再后来，读一些纪实文学作品。读书如打开了知识之门，日积月累地丰富我的精神世界，为我多年从事文字工作奠定了基础。

感谢我读初中时教语文课的苏海汶老师，他教会了我们读书的方法，譬如做眉批、写笔记、经典的句子熟读达到能够背诵的程度等，这让我受益匪浅。我一直觉得，写文章不那么吃力与正确的读书方法息息相关。

三年前，不经意间我从书橱中翻出两本名人古训，却如一见钟情般地被吸引住了。透过书卷的气息，先贤劝诫子弟后人修身立命、为人处世的殷殷之心情跃然纸上。古代先贤们在历经社会生活的坎坷中，以血泪甚至生命代价换来的人生经验总结，凝结了中华民族的智慧，蕴含优秀的思想文化，是中华民族知识宝库的重要组成部分。

一篇篇、一遍遍，深深为之触动，温故知新，我一边读一边记下感悟。两年间，不知不觉，两本书被我读得开绽；不知不觉，我写出了十几万字的读书笔记，于是，书稿《茶余酒后话古训》水到渠成。

在求其所以然完善文章内容的过程中，我查阅了一些历史资料，待到《茶余酒后话古训》完稿，我的兴致也顺理成章转移到史书阅读方面。

近两年的时间里，我通读了《资治通鉴》《资治通鉴续》，选读《宋史》《元史》《明史》《清史稿》中部分"列传"内容，还浏览了《古典情怀》《昨非庵日纂》《耆旧续闻》《归田录》等篇章。

史书如矜持的长者，于无声中用文字向我诉说衷肠。

那些争权夺利的搏杀，刀光剑影，流淌的是血，燃烧的是火；那些人吃人的天灾人祸，生灵涂炭，野蛮与悲怆笼罩大地；那些飞扬的文字、精湛的艺术以及领先世界民族之林的创造，凝结华夏人的聪颖智慧，代表中华民族的骄傲与自豪；那些爱国爱民的志士圣贤，如推动社会文明史巨轮前进的舵手、水手，树立起一尊尊可歌可泣的丰碑……

修身、齐家、治国、平天下，史书给予我其他文学作品无可比拟的震撼、启迪和借鉴。悉心读史，我才明白，原来我从十多年课堂上获得的历史知识，是多么单薄、多么呆板；我才明白，为什么毛泽东读过十七遍《资治通鉴》；我才明白，为什么我青年、中年时期的人生旅途会出现失误、遭受挫折。

晚读不如早读，晚读强过不读，只恨未曾相识少年时！

徐徐读，细细悟，与史书共舞，或而心头沉重，或而扼腕长叹，或而豁然开朗，或而莞尔一笑，或而神悦气爽；跳出历史读历史，所得绝不仅仅是历史知识。

面对酋长们竞相奉送的金子，梁毗却号啕大哭；同样是还履，苏东坡却一褒一贬；被人冤枉偷金，直不疑却一言不辩；仆人偷盗银器，张齐贤却三十年后才处置；偷牛贼被捉，王烈却送给他布匹；明明是批评，文德皇后却用了表扬的语言；仅仅一个玩笑，李从璨不仅断送前程，还搭上了性命；好心好意口出要言，卫妇却成为笑柄；房价七百，钱翁却出千金；赵括拜将，其母却坚决反对；贵宾临门，茅容杀鸡，却不为待客；门第地位高贵，柳玭却认为是可怕的事；富家女子病重，葛乾孙却将其置之洞中……

一个又一个为什么的背后，有大义，有气节，有睿智，也有愚氓。

我已年逾古稀，某种意义上说已经退出了社会主流，很难再为国家、为民族做多大贡献，但是，读史书明事理，是没有年龄和地位界限的，而将读史的一些感悟记录下来，分享出去，也或许，就是老有所乐之精神享受、老有所为之余热生辉。

记得见诸报端的第一篇读史札记是《苏东坡三抄〈汉书〉》，此后，陆陆续续有文章在报纸、杂志发表，待我大致阅览完毕中国封建社会的历史，便积累了十几万字的读书笔记。这些文章，多数取材于他人很少关注的历史事件、历史故事，结合现实社会状况，用辩证唯物论的观点予以剖析评论。

"以铜为镜，可以正衣冠；以史为镜，可以知兴衰；以人为镜，可以明得失。"史书宝库藏金纳银，民族文化博大精深。从我自身的社会地位和认知能力出发，考虑到可能潜在的大众读者对象，我的读史札记着重于修身、处世、职场、读书、治家、养生诸多方面，以自认独到的视角为世人立镜，以古人之镜，鉴今人之为，力图弘扬中华民族优秀文化及道德传统，开悟启智，鞭挞落后，为现代社会的文明与进步尽一己绵薄之力。

作为《茶余酒后话古训》的姊妹篇，期盼《古镜今鉴》能成为传承国学精华的轻骑兵，受到广大有识之士的喜爱。

当然，受作者所处时代和地位的局限，古代史书也或有封建落后的糟粕，虽然我在取材的时候已经着力进行筛选，但是受本人认识水平制约，不当之处也恐在所难免，还望读者、专家不吝赐教。

李业陶

二〇二一年一月

目录

第一辑 : 修身

1

第二辑：处世

第六辑：养生

第一辑：修身

齐威王鉴宝之道

　　常常饶有兴味地观看中央电视台经济台播放的鉴宝节目。既是鉴宝，也就常有真假、优劣之分。鉴宝，最能检验持宝人、鉴宝人以至所有关注人的眼力，鉴宝眼力的差别，显现了人们古玩收藏专业知识水平的高低。近来读《资治通鉴》卷二中齐威王、魏惠王一段关于宝贝的对话，颇感是一场另类的高端鉴宝活动。

　　齐威王二十四年与魏惠王在郊野狩猎约会时，魏惠王问："齐国有宝贝吗？"齐威王说："没有。"魏惠王说："我的国家虽小，还有十颗直径超过一寸、能够照亮十二乘车子的珍珠。齐国这样的大国，怎么会没有宝贝？"齐威王说："我认为的宝贝和你看法不一样。我的大臣檀子镇守南城，楚国不敢来犯，泗水流域的十二诸侯国都来朝贺；大臣盼子守卫高唐，赵国人怕得不敢到黄河东边来打鱼；官员黔夫驻守徐州，燕国人在北门、赵国人在西门礼拜求得庇佑，来投奔的七千余家；大臣种首防备盗贼，便出现路不拾遗的太平景象。这四位大臣，光照千里，远不只照亮十二乘车子！"魏惠王听了神色惭愧。

　　显然，威王、惠王心目中的宝贝大相径庭。其实，自古至今，人们对何以为宝的认识多有区别。

　　《泾林续集》记载，"严世蕃纳贿……蕃妻乃掘地深一丈，方五尺，四围及底砌以纹石，运银实其中，三昼夜始满。"《清圣祖实录》记载，朱翊钧"于（皇宫）养心殿后，窖银二百万金"，可见严嵩及其儿子严世蕃和万历皇帝均以银为宝。此外我们知道赵高、梁冀、温舒、石崇、蔡京、钱度、和珅、刘瑾、李广等等史上著名的贪官，无不视财如命，以金银珠玉、古玩文物为宝，以致贪得无厌。

不过，也有很多人的宝贝观念与贪官们截然不同。

《吕氏春秋》记载：楚国令尹孙叔敖将逝之际，嘱咐儿子说，我死后皇帝肯定封赏你，你务必不要好地。楚越之间有丘陵地带，非常贫瘠，名声恶劣，楚国和越国人都不稀罕，只有这个地方能够长保平安。此后事情发展正如孙叔敖所料，人们评价孙叔敖知以不利为利，以人之所恶为己之所喜，这也是对宝的不同认识。无独有偶，宋国一个农夫耕地得到了一块玉，把它献给司城子罕，说："这是我的宝物，希望相国赏小人脸而把它收下。"子罕说："你把玉当作宝物，我把不接受别人的赠物当作宝物。"世人评价说，子罕不是不稀罕宝物，只是他当作宝物的东西与别人不同。

《史记·儒林列传》记载，秦末汉初名儒、《尚书》学大师伏生，在秦始皇下令焚书坑儒之时，负杀头之罪，冒死亡威胁偷偷将《尚书》"壁藏以避禁"，后伏生以仅存《尚书》29篇"教于齐鲁"，其行为流芳千古。足见伏生是以书为宝。

近代历史上，于抗击外敌侵略中牺牲的匈牙利诗人裴多菲曾作诗："生命诚可贵，爱情价更高，若为自由故，两者皆可抛。"在当代历史上，夏明翰就义之际赋诗："砍头不要紧，只要主义真。杀了夏明翰，还有后来人。"在他们看来，信仰是比生命还要重要的宝。

何以为宝，不同的人在不同的范畴、不同的条件下有不同的认识，这种不同，不仅仅是智慧的差别、胸怀的差别，更是世界观、人生观、价值观根本不同的综合体现。魏惠王以珠为宝，齐威王以贤良为宝，贪官们以财为宝，孙叔敖以平安为宝，子罕以清白为宝，伏生以学问为宝，裴多菲、夏明翰以信仰为宝，清楚明白地揭示了各自的世界观、价值观。

齐威王作为一代明智的国君，深明大义，远见卓识，正是他以人才为宝，注重礼贤重士、选贤任能，方使得齐国势力日益强盛，开始称雄于诸侯。齐威王的人才宝贝比之于魏惠王的珍珠宝贝不知胜出多少倍，而齐威王鉴宝之道留给我们的借鉴意义，远远超出了谁的宝贝更胜一筹的范围。

杨震"四知"留美誉

中国历史上不乏贪官，也不乏清官，其中杨震就是一位名垂青史的清官。

杨震，字伯起，今陕西华阴东人，东汉时期名臣。杨震少年时勤奋好学，饱览群书，知识渊博；成名后历任荆州刺史、东莱太守、太仆、司徒，曾代为太尉。世人尊崇杨震做人品德高尚、为官清廉正直，称赞他是"关西孔子"。

《资治通鉴》中有一段文字专门记载了杨震拒收贿礼的故事：杨震五十多岁时，在前往东莱郡的路上途经昌邑，他先前所举荐的荆州茂才王密在昌邑担任县令。那天夜里，王密怀揣十斤金来送给杨震。杨震拒不接受，说："我了解你、举荐你，你却不了解我，这是为什么？"王密解释说："黑夜之中，没有人知道我送礼给你。"杨震说："天知，地知，我知，你知，怎能说没有人知道！"听杨震这么说，王密惭愧地出门走了。

"天知，地知，我知，你知，"这便是流芳百世的"四知"由来。

按照普通人的常理推论，杨震完全有可能心安理得接受这份礼物。一来杨震亲自举荐了王密，慧眼识珠也好，伯乐相马也罢，从某种意义上讲，杨震是有恩于王密的，王密有理由知恩图报，即便是投桃报李，似也近乎人情。二来，王密星夜送礼，具有一定的隐秘性，只要当事者秘而不宣，永远不会东窗事发，不会对杨震在社会上的形象造成不良影响。

出乎王密意料，杨震义正词严拒绝了这份"回馈"。

不是为了作秀，更不是一时冲动，杨震拒礼是他人格品质、精神境界的真实体现。历史记载，杨震出身孤弱贫困，苦读诗书，志向高远，为官后公正清廉，生活简朴，子孙经常以蔬菜为食，徒步出行。曾有朋友劝杨震为子孙置办产业，但杨震不肯，他说："使后代人说他们是清官的子孙，把这当作遗产留下，不也很丰厚吗？"临终时，他嘱托儿子、门生，"我死之后，只用杂木为棺，布单被只要盖住形体，不归葬所，不设祭祠。"为人之低调俭朴略见一斑。

作为封建社会的士大夫，杨震清白做人、廉洁为官的高风亮节感天动地，得知杨震死讯之后，很多人为他流下了眼泪，人们还在杨震墓前树立石鸟像以资纪念。

虽然杨震蒙冤辞世，但历史是公正的，世人给予杨震极高的评价，尤其他的"四知"言论，被奉为经典代代流传。"震畏四知，秉去三惑。""无言暗室何人见，咫尺斯须已四知。""四知美誉留人世，应与乾坤共久长。""四知之言，可质天地。""有德望，有才望，有清望。"……

杨震故去已近两千年，重温其人其事，言之铿锵、义之凛然犹如面前。中华民族历史上有众多的仁人志士，他们的修养、他们的品德、他们的风格，永远是后人学习的榜样，杨震的"四知"精神，也值得我们深思和借鉴。

赵简子训简决定继承人

北宋史学家司马光所著的《资治通鉴》第一卷中，记载了赵简子以训简决定继承人的事情。

赵简子，春秋时期晋国赵氏的领袖，原名赵鞅，又名志父，亦称赵孟。他是一位杰出的政治家、军事家、改革家，是战国时代赵国基业的奠基者，对春秋战国的历史发展起了推波助澜的作用，这位春秋后期叱咤风云长达半个多世纪的一代君主，在决定继承人这件事情上可谓别出心裁。

赵简子有两个儿子，长子伯鲁，幼子无恤。赵简子想确定继承人，不知立哪个好，于是他把日常训诫言词写在两块竹简上，分别交给两个儿子，要求他们好好记住。三年之后，赵简子问起两个儿子，大儿子伯鲁说不出竹简上的话，再问他的竹简，已丢失了。又问小儿子无恤，却能熟练背诵竹简训词，问及竹简，他便从袖子中取出献上。于是，赵简子认为无恤十分贤德，便立他为继承人。

两个儿子中间选一个，赵简子选定无恤是很有道理的。作为继承人来说，接受是继承的基础。同样交付训简，同样地嘱咐好好记的，无恤按照父亲的要求去做，而且表现得很出色，比之伯鲁丢失训简，简直是天壤之别。赵简子写在竹简上的既然是训诫之词，必定是修身治家平天下非常用得上的道理和要求，伯鲁置若罔闻，暴露了他不学无术的德性，如此行为，怎堪重用？再者，在对待训简这件事上，伯鲁漫不经心，无恤勤谨做事，品性操守孰优孰劣一目了然，指望哪个儿子立志成就大业，到此已经泾渭分明。

历史也证明，赵简子以训简决定继承人的做法卓有远见。作为赵国的实际创始人，无恤自幼敏而好学，胆识过人，在承袭赵简子晋卿成为赵氏首领之后，无恤智取代国，将其领土并入赵氏版图。面对晋国正卿智伯当面羞辱，无恤忍辱负重，足见其志向远大、胸襟宽广。在智伯兵临晋阳城下的时候，临危不惧，以地利之险克敌疲之短，最终以反间计分化智伯同盟，力挽狂澜，消灭智伯。一系列的大智大勇，壮大了赵氏势力，为创建赵国奠定了基础，无恤的表现，没有辜负父亲赵简子的期望。

前车之鉴后事之师，赵简子训简决定继承人留给我们的启示是双向的。用人，自然是选贤任能。伯鲁虽为长子，但因无德无能，故而被淘汰，显然简子突破了论资排辈意识的桎梏；而考察的过程，察其言、观其行，从而达到度其心、识其人之目的。赵简子考察接班人的观念和方式，都有可借鉴之处。作为被考察者，伯鲁与无恤对待训简的做法不同，是处事态度、处事作风的不同，更是精神境界不同的表现，至于怎样做才是正确的，看看后果也就明白了。

宋仁宗修改"罪己诏"

宋朝第四任皇帝宋仁宗之所以被世人评价为明君，根本原因在于他的品德仁厚、胸怀宽大，在于本人的自尊、自律。

正所谓一滴水可以折射太阳的光辉，《耆旧续闻》中有一则宋仁宗修改"罪己诏"的故事，读罢不由生出一些感慨。

《耆旧续闻》记载：庆历七年春天，发生严重干旱，杨察根据旨意代皇帝拟写"罪己诏"，准备昭告天下。诏书拟好后呈献给仁宗皇帝，宋仁宗认为诏书中的罪己之词尚且不够深刻，没有表达出自己诚恳检讨的精神，便亲自进行修改。修改后的诏书说："自从去年冬天，本该应季节而来的雪没有降落，一直到今年春天没有下雨，严重干旱以致造成大面积的土地荒芜，百姓生活苦不堪言。这是上天震怒，以此来惩戒我的。现在我用委屈自己的方式谢罪，非常虔诚地用最高礼节叩拜。希望苍天降罪于我，怜悯天下百姓的无辜，与其把灾难降临给普通的百姓，不如把罪过移到我身上。从今天开始我自省自检，避离正殿，穿素衣、吃素食，同时广开言路，让朝廷内外官吏畅所欲言地进谏，从而集思广益，指导国家大事。"

处于封建社会的宋代，生产力还很不发达，缺乏改造自然的能力，农业生产靠天吃饭是可以理解的，所以我们撇开宋仁宗的迷信思想不谈，主要对他"罪己诏"中自责自罚的行为做一个客观的评判。

作为最高统治者，宋仁宗自然是凌驾于众人之上，绝对没有什么人会无端把天灾归罪于他，但是宋仁宗勇于自省，主动承担责任，并且以"罪己诏"通告天下，完全置自己的颜面于不顾，尤其难能可贵的，是宋仁宗表现出一种严以律己的品德。本来，代皇帝草拟"罪己诏"的杨察是掌管国家财政的最高官吏三司使，最了解经济形势，文笔还非常好，草拟文稿完全能够对世人有所交代，实际上却没有过宋仁宗这一关，宋仁宗的评价是"罪己之词未至"，这才亲自修改。

宋仁宗修改过的"罪己诏"简明扼要，内容充实，丝毫没有流于形式。"屈己谢愆，归诚上叩"，主动承担责任；"冀高穹之降监，闵下民之无辜，与其降戾于人，不若移灾于朕。"爱民之心溢于言表；"自今避殿减膳"，自责自罚落实在行动上；"中外实封言事"，改进措施清晰明了跃然纸上。

一位封建社会的皇帝，自省自律，勇于担责，能够表现如此胸怀、品德和才华，已是难能可贵，足以为文武百官做出榜样，即便是今日，宋仁宗修改"罪己诏"的行为依然具有借鉴意义。古人曰："政可守。不可不守。"现代公职人员也应该继承民族先贤的优秀品质，在其位谋其政，志存高远，胸怀大局，忠于职守，不计私利，拼搏奋斗，恪守职责，为国尽忠，为实现中华民族的伟大复兴贡献自己的力量。

吕惠卿恃才傲物反被讥讽

收于《四库全书》的《鸡肋集》中记载了这样一件事：吕惠卿自负才高，因而长期被排斥没有得到朝廷重用，宋徽宗中期才被召到京城，任命为太一宫使，此时他已经是八十岁高龄了。他认为辅政大臣都不如自己有才，所以经常表现出傲然自得的神态。一天，吕惠卿接见众位宾客，有一位道士也在其中，自称是同宗之人，行为也没有什么特别的恭谨。吕惠卿就问他有什么才能，道士说能作诗。吕惠卿看天空有风筝在飘荡，就让道士以风筝为题赋诗。道士应声而作，说："因风相激在云端，扰扰儿童仰面看。莫为丝多便高放，也防风紧却收难。"意指风筝虽然飞得高，是被风吹起来，才招惹那么多人仰视。不要以为线长就可以任意放高，也要小心风大有收不回来的危险。吕惠卿知道是在讽刺自己，很是惭愧，等再顾看，道士已经不在了。

历史上的吕惠卿是北宋时期的进士，曾经多年为官，他的最高职务是宰相。因为政见不同和个人品质的原因，吕惠卿的仕途很不顺利，历史评价也褒贬不一。

无意全面评论吕惠卿的功过是非，只是根据上面这段文字对吕惠卿恃才傲物的批评，说说待人处世应该避免的行为。

吕惠卿应该是有一定才能的，否则也不可能屡屡得到皇帝的欣赏、信任，历任翰林学士、知军器监、参知政事、知太原府直到宰相重任，还为推动王安石变法做出过巨大贡献。但从这段文字来看，确实有自傲自负、瞧不起他人的味道，本欲出人洋相，结果反遭戏弄，自取其辱传为笑柄。

客观地讲，人的智力与知识水平的确有差别，尊重人才、尊重知识是对的，但这不应该成为划分人们等级的标准，有才智的人更应该有修养，处世低调谦虚，懂得尊重他人。更何况，人上有人山外有山，不显山不露水的人未必就是没有真才实学。所以，无论有多高的才智，都不能恃才傲物，我想这也是这段历史传说给予我们的借鉴之所在。

这种恃才傲物的行为，过去有，现在也有，而且，在社会生活中，除了类似吕惠卿这样的恃才傲物，也有的人恃富傲物、恃权傲物等等。

我刚从部队转业那年，被分配在县机关工作，但由于我经常利用下班后的时间下地帮爱人干活，所以穿着与农民无异。一天有位管理区干部不知有什么公干来到我们村，村书记备饭招待，把我喊去作陪，没想到这位管理区干部看我穿着不像公职人员，斜眼瞧着我说："不知这位大哥尊姓大名啊！"轻蔑之意暴露无遗。

凭着一点小地位便趾高气扬，是丑陋传统观念中的官本位思想作祟，就那么一个副股级干部，即恃权傲物，这处世的品德和处事的才智有多高，也就可想而知了。

无独有偶。几年后，我考入胜利油田党校大专班，每个周末我都会在家干上半天农活，然后风尘仆仆辗转乘车返校。有个周日的晚上，我正在学校电视室看电视，忽然进来一位油田干部，他上下打量我一番，好像这不是我有资格进入的地方，然后问我："你是在这里干活的吗？"他把我当成了正在学校施工的建筑队小工。确实，由于家庭经济条件差，我身上穿了部队带回来洗了又洗的国防服，脚上是爱人做的布底鞋，和其他同学的西装革履差别很大。但是他的这种问话有点伤我自尊。第二天我和学习委员老王说起这事，老王愤愤地说："狗眼看人低！"没错，那年考取党校系统大专班，我是全市第一名。

像这样"衣帽取人"，看不起穷人，算不得什么十恶不赦，但至少属于待人接物没有涵养。

无论恃才傲物，还是恃富傲物、恃权傲物，通常表现在日常生活中与人相处之时，但根源在于一个人长期的品德修养。不能辩证唯物看待事物，不看全面，不看本质，不看发展趋势，过分膨胀自己的优点、优势，这样的人有尾巴夹不住，人们自然不愿待见，遭受挫折也在情理之中。

我的爷爷一辈子是中医，治好了无数病人，但无论啥时候，他从不坐小推车进村、出村，以表达对乡亲们的尊重。爷爷告诫我说："骡大马大值钱，人'大'了不值钱。"比较那些恃才傲物、恃富傲物、恃权傲物的言行，爷爷这种低调做人的品德，更值得我学习、效仿，当然，我从中受益匪浅。

韩信忍胯下之辱

《史记》中有一个韩信受辱的故事。淮阴一个恶少屠夫对韩信说:"你虽然长得又高又大,还喜欢带着剑,其实你胆子小得很!你如果不怕死,就用你的佩剑来刺我,如果不敢,就从我的裤裆下钻过去。"韩信在分析了当时情势之后,当着众人的面,从恶少裤裆下钻了过去。这便是有名的"胯下之辱"。

众目睽睽之下,无缘无故被逼得从他人胯下匍匐而过,因而遭到众人耻笑,这的确是不折不扣的羞辱,作为尚有士之身份的韩信,为何能接受如此奇耻大辱呢?真是胆小的缘故吗?非也!苏东坡所著《留侯论》中一段话,可以视为极好的诠释。"古之所谓豪杰之士,必有过人之节,人情有所不能忍者。匹夫见辱,拔剑而起,挺身而斗,此不足为勇也;天下有大勇者,卒然临之而不惊,无故加之而不怒,此其所挟持者甚大,而其志甚远也。"

面对恶少劣行,韩信完全有理由也有能力"拔剑而起,挺身而斗",不过,如此一来虽然能够逞一时之勇,但是,必定会官司上身、后患不绝,对仕途发展带来不确定的消极因素,这样的勇,未经熟虑,不计后果,充其量是匹夫之勇。而韩信志存高远,深谙"小不忍则乱大谋"的道理,所以做出了忍辱负重的选择,由此也才历经千锤百炼,后来成为杰出的军事家。

　　韩信忍受胯下之辱，遭人耻笑，颜面尽失，看似向恶势力低头，是对做人尊严的摧残，实则是自身意志的磨砺，是志士之勇、远谋之勇，而绝非胆怯。进而言之，韩信忍受胯下之辱，不仅仅是大勇，更是宽大胸怀的表现。

　　胸怀，指一个人的胸襟，气度。关于胸怀，罗贯中在《三国演义》中说道："夫英雄者，胸怀大志，腹有良谋，有包藏宇宙之机，吞吐天地之志者也。"韩信能够忍辱负重，说明他站得高而看得远，志向大方胸襟宽，从一个侧面展示了他的志向、智谋以及包容之心的军事家胸怀。

　　古往今来，胸怀与每一个人息息相关，即使在现代社会生活中也是如此。心胸狭窄的人，自然没什么度量，既无博大包容之心，又无能屈能伸之智，往往很看重眼前的、微小的名利得失，吃不得一点小亏，一旦遭遇挫折、委屈，或者鲁莽意气用事，逞强好胜，不计后果，图一时之快；或者把世界看得一团糟，就此颓废消沉，失去生活的信心。

　　胯下之辱这个故事告诉我们，越是有理说不出的时候，越是能检验一个人的胸怀。胸怀是一个人精神境界、思想修养的反映，说到底是由人生观、世界观、价值观决定的。一个有人生大目标、大理想的人，他心里装的不是一个小我，不会被眼前的蝇头小利和浮世虚名所困，会有足够的勇气和智慧，把挫折当成磨砺，把委屈当成精神财富，不忘初心，砥砺前行，为实现长远的大目标奠基铺路。当然，这需要历练和修养。

　　人生无坦途，有理说不出的时候且看胸怀，韩信忍受胯下之辱，可为世人之鉴。

士人祈天多不妥

明代进士郑瑄所著的《昨非庵日纂》中有一篇记载士人祈天的短文，读罢感慨良多。

文章说，有一个家境非常贫寒的读书人，每到夜间就点燃香烛跪拜祷告，祈求上天赐福给他，并且长此坚持不懈。有一天他正在祈祷，忽然听到空中有声音说，"玉皇大帝怜悯你如此虔诚，想听听你有什么要求呢？"读书人回答说，"我不敢有什么奢望，能够粗茶淡饭衣食无忧，逍遥自在地生活在山间水滨，如此直到老死我也就满足了。"空中的声音大声笑着说："你所说的那是神仙过的快乐生活，怎能那么容易就满足你呢？所以只能赐富贵给你。"作者说，我因此分析过往以来的许多古人，位高富贵之时想归隐田园过一种清闲自在的生活，但愿望最终并没有实现，这样的情形比比皆是。由此可知，上天所格外珍惜的原本在于清闲自在的淡泊生活，而不是荣华富贵。

虽然是神话故事，细细品来却倍感其中蕴含深刻的做人处世道理。

追求幸福是人之常情，本无可厚非，但读书人祈祷求福显然错了。郑瑄《昨非庵日纂》中也曾说道，"士大夫当为子孙造福，不当为子孙求福。"造与求，一字之差，其意迥然不同。郑瑄说，

"谨家规，崇俭朴，训耕读，积阴德，此造福也。广田宅结姻缘，争什一，鬻功名，此求福也。"二者根本的区别在于一个是靠自己的勤谨持家、积德行善、耕读创造，另一个则是靠投机取巧、攀缘关系得来富贵。郑瑄还说，造来的福虽然淡薄但能够长久，求来的福即使厚重也长久不了。这位读书人不致力于耕读，而期望天上掉馅饼，很难想象能真正获得幸福。

至于什么是福，每个人的理解、追求都有差异。故事中所谓空中的声音，代表了上天的主张，其实也是为社会认同的道理：福，不是什么高官厚禄、锦衣玉食，而是粗茶淡饭、徜徉山水、逍遥自在，神仙一样的淡泊人生，而恰恰这一点，与很多世人的追求大相径庭。古往今来，多少人绞尽脑汁、千方百计热衷于"竞标榜，邀津贵，警矫激，习模棱""靡宫苑，教歌舞，奢宴会，聚宝玩"。贪婪之心不一而足，醉生梦死极尽所能，弄不好还会招祸引灾、损身折寿，又有何福之谈？

这个故事告诉我们，淡泊人生最为珍贵，看似标准不高，其实最不容易做到，需要极高的品德、思想修养。

真正的淡泊人生，不是无欲无求、消极颓废，而是与志存高远、砥砺前行并存，代表着一种人生态度、一种精神境界。古往今来，贤人志士追求的并不是自己的大富大贵，且日常生活崇尚俭朴；反观胸无大志的贪奢淫逸之徒，也绝对难成大事。在淡泊人生方面，介之推功不言禄；白居易安于俭朴、心无贪欲、不断进取；房彦谦"人皆因禄富，我独以官贫"；范仲淹"不以物喜，不以己悲"，陆游"丈夫穷空其自分，饿死吾肩未尝胁"等等，都是名垂史册的典范。

时代变迁，社会发展，人们的物质生活、精神生活、文化生活水平显著提高，但是，提倡淡泊的生活态度，对我们修身养性、对促进社会精神文明建设，依然有重要的积极意义。

孔子心目中的桃花源

　　谋求幸福，向往美好，自古至今皆为天下人所孜孜追求。那么古人心目中的桃花源该是什么景象？近来读《礼记》中的"昔者仲尼与于蜡宾"，于是有了些许了解。

　　"昔者仲尼与于蜡宾"，记述孔子一次参加鲁国的蜡祭触景生情，祭记结束后大发感慨，叹息人心不古、世风日下，同时也表达了对美好生活的向往。孔子的描述言简意赅，他的理想社会基本涵盖了社会政治、经济、文化的方方面面。

　　孔子说："大道之行也，大下为公"。首先明确是人民当家做主的社会体制。"选贤与能，讲信修睦。"选举、任用德才兼备的人来治理天下，人与人之间诚信、和睦。这该是多么清明的政治局面。

　　"故人不独亲其亲，不独子其子，使老有所终，壮有所用，幼有所长，矜寡孤独废疾者皆有所养。男有分，女有归。"人们都大公无私，无论有没有血缘关系，都能亲善相处，老年人安享天年，壮年者人尽其才，年幼的人能得到良好的教育，鳏寡孤独和残废的人都能得到供养。男子各尽自己的职分，女子各有自己的夫家。如此一来，便从经济的层面上保证了所有人的基本物质需求。

"货恶其弃于地也，不必藏于己；力恶其不出于身也，不必为己。是故谋闭而不兴，盗窃乱贼而不作，故外户而不闭。"社会财富科学分配、合理利用，不至于被浪费，也不因为被贪欲左右而千方百计据为己有。人们各尽所能，担心有力使不上，但不一定是为了自己。因此，阴谋诡计被抑制而无法实现，劫夺偷盗杀人越货的坏事不会出现，人们不为人身财产安全担心，连住宅外的大门也可以不关。呈现了醇正、文明、和谐的社会风气。

最后孔子归纳说这样的社会就叫作大同世界。

孔子的愿望很美好，他的向往代表大众的心理和诉求，虽然超越了历史现实，也不能说有什么不对。不过，接下来孔子把社会的不美好归结为夏、商、周"三代之英"结束，归结为礼制的缺失，显而易见是错误的。

社会发展不以人的意志为转移，没有任何理由说从氏族部落的公有制比集权世袭的私有制进步什么，时代变迁、社会发展是历史的必然，不能简单用好与坏的标准来评价。再者，在原始落后的生产力条件下，没有物质的经济基础作保障，人们的生存环境低劣，包括精神文明在内的社会文化素养整体低下，怎么去推行、健全礼制？所以说礼制也不是拯救世界的灵丹妙药。孔子向往的社会不过是走在世界前列的、中国式的"乌托邦"。

孔子感叹自己生不逢时，非常遗憾没有早生几百年而活在夏、商、周。我也感叹孔子生不逢时，假如他老人家晚生几千年，活在推行法治、丰衣足食的当今，至少他的理想已经有了一定程度的满足。当然，无论哪一种感叹都不切实际，倒是生活在现代的人，应该传承古人对美好生活的憧憬，珍惜来之不易的幸福，进而为中华民族伟大复兴励精图治，把我们伟大的祖国变成真正的"桃花源"。

智宣子立后重才轻德导致户灭九族

智宣子是智氏六世祖，他在继承下军佐职位后，因家族势力雄厚，与赵简子一起执掌晋国朝政。就是这样一位有着显赫家世并在春秋时期风云一时的政治人物，却重才轻德，立智瑶为继承人，最终导致户灭九族的恶劣后果。

当初，智宣子立智瑶为继承人，是有异议的。有远见的族人智果就曾劝阻智宣子不要这样安排，智果说，虽然智瑶具有长相伟岸、精于骑射、才艺双全、能写善辩、坚毅果敢这样超越他人的五大长处，只有很不仁厚这一项短处，但是这一项短处却是致命的。智果分析说，如果智瑶以这五项长处来制服别人而做不仁不义的恶事，谁能和他和睦相处？要是真的立智瑶为继承人，那么智氏宗族一定灭亡。同时，智果向智宣子推荐了智宵，可是，智宣子对智果的意见置之不理，坚持立智瑶为继承人。

其后的历史事实证明，智宣子这样做是犯下了一个致命的错误。智宣子去世，智瑶当政，史称智襄子，其无德的面目暴露无遗。在蓝台饮宴时，智瑶戏弄韩康子，又侮辱韩康子的家相段规，并忘乎所以地说，别人的生死灾祸都由他来决定，没有人敢兴风作浪。智瑶贪财好利，又刚愎自用，他先后向韩康子、魏桓子索要了领地，在向赵襄子索地遭到拒绝后，便勃然大怒，率领韩、魏两家甲兵一同去攻打赵家，把赵襄子围困在晋阳城，结果被赵襄子以唇亡齿寒的道理说服韩康子、魏桓子反叛，三家合力，大败智家军，杀死智瑶，又将智家族人尽行诛灭，只有当初脱离智族姓氏另立为辅氏的智果得以幸免。

司马光在《资治通鉴》中用了很大的篇幅对晋代智氏的亡族之祸做了鞭辟入里的分析，一针见血地指出，智瑶的灭亡，根源就在于才胜过了德，并据此得出了一个非常正确的结论：才为德之帅。司马光说，才与德是两码事，而德是才的统帅，才是德的辅助；德才兼备是圣人，无德无才是愚人，德胜过才是君子，才胜过德则是小人。有德之人发挥才干是行善，无德之人发挥才干是作恶，无德之人越有才干危害越大。司马光还警示世人说，无论治家还是治国，选用人才一定审察才与德两个方面，千万不能被人的才干所蒙蔽而忽视考察他的品德。

往事越千年，智宣子选择继承人重才轻德导致户灭九族的教训异常惨痛，而司马光对世人的忠告至今读来依然振聋发聩。

很不幸，纵看历史，在选用人才方面，总是存在重才轻德的现象。且不说那些历史故事，就拿当代发生在各地、各级、各部门中的一些大案、要案、窝案来说，那些涉案其中的骄奢淫逸、贪污腐化分子，哪一个不是在德的方面出了问题？我们也清楚地知道，这些人多数是很有才干的，有的人还确实凭自己的才智为国家、为人民做出过贡献，他们的倒下，不是因为本事不济，而是品德这个"帅"偏了路，致使人生道路走向了歧途，也严重损害了国家和人民的事业。这些现实的事实说明，选贤任能一定要把品德考察置于最重要的位置，不要在任用关口就为某些方面的失败埋下伏笔。

智瑶是古代一个有才无德的典型，智宣子也在用人方面为后人提供了教训。前事不忘后事之师，我们应当牢记历史，知古鉴今，用实际的行动充分利用好先人留给我们的精神财富。

梁毗哭金

面对送上门来的金子非但没有喜形于色，反而痛哭流涕，似乎有点儿匪夷所思，但这的确是历史事实，故事中的主人公是梁毗。

梁毗，字景和，安定乌氏人，隋代重臣，先后担任过西宁州刺史、大理卿、刑部尚书，摄御史大夫等职。梁毗学识渊博，为官刚正廉洁，因而受到世人好评。

《资治通鉴》记载，梁毗担任西宁州刺史十一年，此时这地方的蛮夷酋长都以金子多的人为豪强，他们为争夺金子互相攻击，毫无安宁年月。梁毗对此感到忧虑。后来，酋长们竞相奉送梁毗金子，梁毗把金子放在座椅旁，对着金子痛哭，说："这东西饥饿不能作食物吃，寒冷不能当衣服穿，你们为了争夺它相互攻击，争斗之事多不胜数。现在你们送金子来，这是要杀我啊！"他没有接受一点金子。听了梁毗的话，那些蛮夷首领们都很受感动而幡然悔悟，不再互相攻掠。隋文帝知道后很高兴，任命梁毗为大理卿，而梁毗不负众望，执掌司法公平允正。

正所谓奇人必有奇志，有奇志必有奇事。梁毗哭金，不但哭出了自身的清正廉洁，而且还哭息了战乱，还一方百姓平安。

梁毗哭金，哭得有根有据。金子虽然贵重，但归根结底是身外之物，无论你拥有多少金子，绝对不能当饭吃不能当衣穿，况且人们为了占有金子互相争斗，无疑金子多的人就是大家抢掠的目标，大家把金子送给我，让他人看得眼红，我被杀害的危险也就来了，如此，面金而哭完全合乎情理。

梁毗哭金，是品德之为、智慧之作，但绝不是作秀。历史上的梁毗，是一位心底无私天地宽的封建社会官员。他清醒地知道，蛮夷酋长送金子给他，实质上是贿赂他。作为镇守一域的西宁州刺史，掌管地方大权，送到面前的金子都是"铺路石""敲门砖"，倘若面对重金安之若素，日后会有数不清的麻烦找上门来，"拿了人家的手短"，这道理他不会不懂。

梁毗曾冒死先后向隋文帝、隋炀帝举劾权臣刘防、杨素、宇文述等人的不法行为，即便因此深陷牢狱之灾也不屈其志，一个忠心耿耿为国为民勇于舍生取义的人，又怎么可能为了满足物欲而丧失为人处世的大志向？

纵观历史，上至政府官员，下至平民百姓，有数不清的人因为贪财断送前程甚至性命。

如何看待金钱，是世界观、价值观的重要标志。与梁毗哭金相比，那些贪腐的人是何等的心胸狭窄、目光短浅。

怎样做人，怎样处事，怎样守政，梁毗为后人树立了一个榜样。而要想具备梁毗那样的高风亮节，最根本的是切切实实加强思想修养，提升精神境界，做一个心底无私、胸怀大志的人。

识人须用绳墨和权衡

《资治通鉴》记载，唐德宗生性猜疑而又妒忌，不肯信任臣下，常常无视选拔程序按个人好恶任用官员，而且喜好能言善辩的人，致使敦厚忠实的人难以入选，削弱了官吏队伍整体素质。针对这一弊病，宰相陆贽进谏，规劝德宗正视过失，说："明智的君主不会根据言词来使用人才，也不会按照主观的意想去选拔士子。如果对自己所亲善的人不加选择地任用，喜欢一个人的言辞便不去检验他的行为，升官降职全靠个人的爱憎情感，亲疏远近全凭与自己志趣相同与否，这是舍弃墨线而靠心意来判断曲直，丢开衡器而用双手来掂量轻重，即使极其精细，还是不能避免谬误。"

"舍绳墨而意裁曲直，弃权衡而手揣重轻，虽甚精微，不能无谬。"陆贽把识人标准比喻为"绳墨"和"权衡"，用现代语言说就是墨线和秤砣、秤杆。陆贽认为坚持按标准衡量、辨识人才，是非常重要的原则，这个原则不能偏废。

陆贽，字敬舆，浙江嘉兴人，唐代宗年间进士，著名政治家、文学家、政论家。陆贽学识渊博，"才本王佐，学为帝师。论深切于事情，言不离于道德"。陆贽为人秉性贞刚，严于律己，在任期间励精图治，忠言极谏，为朝廷出了许多善策，对维护中唐的社会稳定发挥了重大作用。遗憾的是唐德宗非但没有完全听从陆贽的建议，而且还听信谗言疏远甚至一度想杀掉陆贽。

封建王朝的衰落是历史发展的必然规律，无论陆贽这样的人多么杰出，唐朝的没落都不可避免，但是，陆贽政治思想中的积极元素，是中华民族优秀文化的重要组成部分，其中，识人必须以"绳墨"和"权衡"为标准的观念，尤其值得我们借鉴。

作为普通的社会一员，虽然不需要像陆贽那样操心国家官员的任免，但如何识人交友也还是关系到处世的重大问题，同样需要运用"绳墨"和"权衡"的标准。

那么，现代社会识人交友的"绳墨"和"权衡"是什么？

不孝的人不能交朋友，这道理最通俗也最被人们认可。"百善孝为先"，如果一个人连父母、长辈都不孝顺，道德水平的低下可想而知。无论看起来多么满腹文韬武略、处事多么豪爽义气，假若丧失为人的基本道德，置父母和长辈的尊严、利益于不顾，这样的人再有才能、再大方都不可交。不孝之人的核心利益是自我，和这样的人做朋友无异于与虎谋皮。

目无法纪的人不能做朋友。"近朱者赤，近墨者黑"，其中的利害关系不言而喻，在社会生活中，我们看到许多的人跌入人生的深渊，完全是交友不慎造成的。纵观历史，历朝历代总是有些品质不好的人为了一己私欲，危害社会、危害他人，而为了社会的发展与稳定，国家必定制定一系列的法令法规约束人们的行为，并对触犯法令法规的人进行惩处、制裁。如果和目无法纪的人为伍，就有可能同流合污、误入歧途，后果不堪设想。

不讲究社会公德的人不能做朋友。俗话说"水往低处流人往高处走"，这个"高"首先是人品高尚，而衡量一个人的人品，不是单纯看他说得怎么样，也不是看私人之间感情怎么样，而是看他在日常生活中的表现是不是符合社会公德。不讲究社会公德的人，与中华民族传统美德背道而驰，心胸狭窄，志趣低俗，行为自私，常常做出损人利己的事情，社会形象自然大打折扣。

当然，识人交友的"绳墨"和"权衡"不仅仅局限在德的方面，因人而异、因时而异考量人的才能也很重要，但是，德为才之本，识人交友人品是最重要的，才能尚在其次，至于颜值、出身、地位等等，虽说不能绝对排除，但至少不能成为左右取舍的关键条件。

大千世界，世事纷杂，识人交友关系到前途、甚至关系到安危，所以千万别忘了"绳墨"和"权衡"。

一衣之德

在《资治通鉴》中，有个一衣之德的故事，事不算大，但蕴涵其中的意义值得玩味。

东汉顺帝时期，胶东国相吴祐为政崇尚仁爱简约，在才能和政绩方面都比较出色，以至于老百姓都不忍心欺骗他。曾经有一位乡啬夫，名叫孙性，用私自敛取百姓的钱买了衣服送给父亲，他的父亲非常气愤，说："你有这样好的国相，怎么可以忍心欺骗他？"催促他回去认罪。孙性又惭愧又害怕，拿着衣服到官府自首。吴祐屏退左右，询问其中的缘故，孙性就把父亲所说的话告诉了吴祐。吴祐安慰他说："你为了父亲才做了错事，承受了贪污的恶名。真是所谓看他的过失，知道他有仁爱的品德。"他命孙性回家向父亲道谢，并把衣服赠给了孙性的父亲。

常言说一滴水可以映照太阳的光辉，一件衣服的公案，闪现出三个相关人物精神世界中各自具有的亮点。

首先，吴祐以自身作为带动了社会的清廉风气。吴祐，字季英，陈留长垣人，出身于官宦世家，因孝廉被举荐担任官职。吴祐为人处世敦厚质朴，正直无私，廉洁勤政，世人评价吴祐"有知人之明""义干刚烈""政唯仁简，以身率物"。孙性的父亲以不能够欺骗、辱没吴祐来批评儿子，也足以见得吴祐的声望影响之深。

在处理孙性买衣这件事上，应该说吴祐做得比较妥当。一方面旗帜鲜明地指出孙性已经染了"污秽之名"，一方面从人情的角度理解了孙性的"以亲故"，最后肯定孙性知错能改的"仁"，并且把衣服赠给了孙性的父亲，以表达了对这位百姓的尊重和感谢。吴祐的处置，明辨是非，没有抓住一点不及其余，既客观，又辩证，说得通理，包含着情，塑造了一个正直、明智、亲民的封建社会父母官形象。

人非圣贤孰能无过。从孙性身上，我们看到并欣赏他孝心的一面；如果说为了亲情而从老百姓身上搜刮钱财铸成了错误，那么他在父亲的训斥下意识到自己的不对并且勇于改正，也是难能可贵的。

孙性的父亲只是一个普通的老百姓，但他的精神境界并不低下。面对儿子拿来的新衣服非但没有喜形于色，反而勃然大怒，指出儿子的错误，责令其改正，坚决不给孙性下不为例的机会。孙性父亲的淳朴、大义，一扫人们心目中"小人物"容易见钱眼开、见利忘义、贪图小便宜的低俗印象。

一件衣服的风波，彰显了一衣之德。

一衣之德是古人留给我们的精神财富。

其时，吴祐身为两千石官员，相当于如今的高级干部；孙性任职乡啬夫，属于基层小吏；而孙性的父亲，是普通的社会一员。

无论时代如何变迁，总会有人充当吴祐、孙性以及孙性父亲的社会角色。吴祐为官清正、贤明、仁爱的操守，孙性孝老和知错能改的品德，孙性父亲坦诚、明理、大义的行为，也永远是后人学习的榜样。

周处除己之"害"

《资治通鉴》中有一个周处除"三害"的故事。

起初，周处体力过人但行为不拘小节，因而乡里百姓都认为他是祸患。周处曾询问乡里老人："如今四季调顺又是丰收之年，人们却不高兴，这是为什么？"老人叹气说："三害没有除，哪有快乐！"周处问："三害是什么？"老人说："南山的白额虎，长桥的蛟龙，再加上你就是三害了。"周处说："如果所忧的只是这三害，那我就能把它除了。"于是，周处进山搜寻到老虎将其射死；跳到河里与蛟龙搏斗将其杀死；然后他追随陆机、陆云，向他们求学，专心致志地读书，磨炼操守与德行。一年之后，州郡的官府争相征召他去做官。

历史上的周处是一位颇具文韬武略的杰出人物。周处，江苏宜兴人，鄱阳太守周鲂之子，于孙吴灭亡之后先后任西晋新平太守、广汉太守、散骑常侍、御史中丞等职。周处为人忠贞磊落，处世刚正不阿，因而得罪权贵，在被派往西北讨伐氐羌叛乱时以身殉国，传世有个人专著《默语》《风土记》。周处死后朝廷追封他为平西将军，谥号为孝。世人评价周处："履德清方，才量高出。""忠烈果毅，庶僚振肃，英情天逸，远性霞骞。"

"身虽云没，书名良史。"周处的名望与功绩永垂史册，除

"三害"只是他流传后世的逸事之一。

进山打虎，入水除蛟，都是生死之搏，一般人极可能望而生畏，然而周处做到了。而要除自己这一"害"，更比杀虎斩蛟困难很多很多。

接受乡里的指责，承认自己是当地一害，这需要极大的肚量和勇气。由于出身于官宦之家，习惯了养尊处优，少年周处喜好骑马驱驰田猎，纵情肆欲，又天生臂力过人，性格粗狂，行为不注意小节，于是成为为害一方的纨绔子弟。

类似少年周处这样的浪子，古今中外并不少见，只不过很多人不愿意正视自身存在的问题，沉溺于声色犬马之中不能自拔，甚至对别人的中肯意见反唇相讥、怀恨在心。周处的不平常，就在于他听到乡里的批评之后，反思自己的行为，真正意识到是自己错了，从思想深处对自己的过去感到羞愧、厌恶。

知只是改的基础，知错能改方能善莫大焉。"若所患止此，吾能除之。"周处真的是说到做到。在灭除虎、蛟祸患之后，周处拜当时颇有名望的西晋官员、文学家、书法家陆机、陆云为师，发奋读书，磨砺意志，人品和文才都有了质的跃升，成为仁义刚烈、忠信克己的名人，此后才有了官府的争相聘召，一步一步成就人生大业。

人非圣贤孰能无过，关键在于是否知错能改。后人在评价周处是非功过的时候，尤其赞赏周处的改过自新。"以跅弛之材，负不羁之行，比凶蛟猛兽，纵毒乡闾，终能克己厉精，朝闻夕改。""一旦改节，皆老而自克。""改恶修善，不害为贤。""知过非难改过难，一行传吏便胪欢。"

周处改过，在于他本真的性善，如同杀虎斩蛟，改正自己的错误，目的同样是为了百姓、为了社会、为了国家。

"知耻近乎勇"，是由价值观、荣辱观决定的。人生在世，分得清是非、善恶、荣辱，明白什么事情可以做，什么事情不可以做；深刻反省自己，勇敢面对自己的错误，从而痛下决心战胜自我、改恶从善，造福他人、造福社会，古人周处为我们树立了一面镜子。

大孝先于大贤

　　纵看华夏历史，大孝者未必大贤，但大贤者必是大孝。在南宋时期，就有一位非常有名望的孝贤之人，他就是欧阳守道。

　　欧阳守道，字公权，今江西吉安人，淳祐年间进士，曾在地方和朝廷任职多年，同时又是杰出的教育家、文学家，有著作《易故》和《巽斋文集》传世。

　　欧阳守道为官清廉无私，以至一贫如洗。史传欧阳守道兄长早逝，两个侄儿由他抚养，侄儿成家时他没有钱财资助，只好向学生文天祥求助，文天祥也没有多少积蓄，便把皇帝奖赏的一只金碗借给老师去当铺典当贷出银两，欧阳守道才给侄儿操办了婚事。欧阳守道操守高洁，品行正直，议事是非分明，致力举荐贤良，因与权臣不合而罢官。带回家乡的行李只有两箱书和洗换衣服。欧阳守道病逝时，家无积存，由学生们捐资才得以殓葬，其清廉的品行堪称后人楷模。

　　欧阳守道曾担任第一任白鹭洲书院的山长，由于他学识渊博，教育有方，管理有序，倡导民主学风，学生思想活跃，眼界开阔，文天祥、邓光荐、刘辰翁等名人皆出其门下。宝祐四年文天祥考中状元，同时书院还考取了40名进士，因而名扬天下，理宗皇帝特意御书"白鹭洲书院"匾额以示奖励。

作为社会贤达，欧阳守道自然是大孝之人，确切地说，欧阳守道的大孝更先于大贤而著名。《宋史》记载，欧阳守道"少孤贫，无师，自力于学。里人聘为子弟师，主人瞷其每食舍肉，密归遗母，为设二器驰送，乃肯肉食，邻媪儿无不叹息感动。年未三十，翕然以德行为乡郡儒宗。江万里守吉州，守道适贡于乡，万里独异视之"。

欧阳守道称得上是异德异才。虽然从小没有父亲，家道贫穷，但欧阳守道凭着自己的勤奋自学成才。在被乡里聘为学堂老师后，如逢吃肉便偷偷藏匿起来带回家让母亲吃，直到家长们发现后改送两份，欧阳守道才肯吃肉。欧阳守道的大孝之德传颂乡里，妇孺为之感叹，不到三十岁，就成为乡间儒者的宗师，以致被举荐参加乡试时，知州也对他另眼相看。

从世俗的角度看，私藏饭食颇显寒酸之气，有点儿不顾为师尊严，但欧阳守道以孝至上，把本应自己吃的省给母亲，这便是大孝；不拘小节而行大孝，这便是大德，欧阳守道以其孝行孝德赢得了社会的尊重。

欧阳守道的孝行孝德并非一时一事，而是一以贯之、践其一生。除了生养死葬、依俗守丧孝敬母亲，欧阳守道为人处事始终不忘孝道。《宋史》中说，乡里有位张某父亲死后一周年准备举行祭祀礼时，被舅舅诉讼投进监狱里而不能祭祀父亲，张某的舅舅要求他买自己的土地埋葬父母，欧阳守道听说后便报告给县令，以人伦道德说服县令放出张某回家祭祀。

千百年来，孝道已成为中华民族传统道德文化的重要组成部分，不但有丰富、具体的内涵，并且有着广泛的社会基础。随着社会的发展进步，人们对孝道的认识和实践，逐渐过滤、消融愚昧的成分，熔炼得更为文明、科学、合理，孝与善、孝与贤紧密融合，为推动社会道德建设、促进社会和谐发挥了正能量。百善孝为先，孝为德之本，欧阳守道身体力行为世人立起一面孝贤的镜子。

生而为人，不可不孝，包括欧阳守道在内古代先贤们的孝行，必定千古流芳，影响一代又一代的华夏子孙。

佳木当前，所思昭然

《四库全书·鸡肋集》记载了三则发生在佳木之畔的历史逸事，文字不多，但文中涉及的五个人物，表现各有各的特色。

文章说，唐太宗喜欢宫中的一棵树，称赞说"此佳木也"。宇文士及马上紧跟其后赞叹，太宗神情严厉地说："魏征经常劝我远离小人，可我不知道什么样的人是小人，现在我相信魏征说的话了。"唐玄宗在宫殿前赏玩一棵树，姜皎也上前对这棵树大加赞赏，于是唐玄宗马上就把这棵树赏给了姜皎，让他移植回家。王义方买住宅一些日子后，特别喜爱庭院中的两棵树，就再次把住宅的原主人叫来，对他说："这么好的树归我所有，难道不亏欠你吗？"于是又给原主人一些钱。

从文章中看，宇文士及和姜皎就是两个马屁精，善于察言观色，一旦发现皇帝喜好什么，立刻及时逢迎，谄媚之态活灵活现。社会生活中不乏拍马屁的人，倘若是普通百姓也还罢了，但是，须知宇文士及先后任中书令、大将军、殿中监等职，姜皎曾任殿中监、太常卿、秘书监等职，都是皇帝身边一言九鼎的重臣，做人处事的影响非同一般。

然而，同样是佳木当前，同样是面对逢迎，两位皇帝的反应截然相反。唐太宗毫不讲情面，以非常严厉的口气和触及灵魂的语言斥责宇文士及，唐玄宗却非常高兴，而且直接将树赏赐给了姜皎。

唐太宗、唐玄宗的不同表现，有着深刻的思想根源。

太宗李世民虽然不是开国皇帝，但却是开国元勋，曾经为大唐帝国的建立征战沙场，历经艰险，深刻理解打江山的艰难、保江山的不易，也懂得选贤任能、疏远小人的重要性。在唐太宗心目中，江山社稷是最重要的，所以身居皇位如履薄冰，时刻警惕奸佞小人，因此听到谄媚之言，便本能地警觉起来。可以说，没有李世民的居安思危和明智的治国之策，"贞观之治"便不可能奠定唐朝的百年盛世。

唐玄宗却不然，这位唐朝的第七代皇帝，凭着先天的出身幸运登上皇位，他是躺在祖宗留下的功劳簿上执掌政权的，所以在位后期逐渐怠慢朝政，政策失误，用人不贤，宠信奸臣，宠爱杨贵妃，导致后来发生长达八年的"安史之乱"，为唐朝中衰埋下伏笔，这样贪图安逸的皇帝，听到谄媚之言乐在其中，也就没什么奇怪的了。

一棵好看的树，宛若试金石，用作者庄绰的话说："二主之相去，以是可知矣。"

文章另外一则逸事的主人公王义方曾任唐代侍御史，虽非高官，却是位德才兼备的饱学之士，因为人正直、为官清廉而青史留名，他的事迹在《旧唐书》《新唐书》《资治通鉴》《大唐新语》和《广东通志》《淮安府志》《琼台志》《琼州府志》等史书中都有记载。王义方买宅数日后认为"嘉树欠偿"，再另外补付树钱，他想到的是他人的利益，"足见廉士之心"，这也仅仅是王义方人品高洁诸多逸事之一。

史书是文化和智慧的宝库，《鸡肋集》并非鸡肋，既是前车之鉴，又是一面镜子。情节并不复杂的"佳木当前"，当事者为人处世的思想境界昭然若揭，其中的深意值得后人思考和借鉴。

杨邦乂烧衣

杨邦乂，字希稷，江西省吉安市人，北宋政和五年（1115）以上舍资格成为进士并由此踏入仕途，任建康通判时被金人俘虏慷慨就义，死时只有四十四岁。明太祖朱元璋曾感慨其忠烈，咏《褒忠诗》赞颂曰："天地正气，古今一人。生而抗节，死不易心。"

杨邦乂生前"每以节义自许"。《宋史》记载，杨邦乂少年读书时期即操守严谨，眼睛绝对不看有违于礼义的东西。同学想破坏他的操守，把他骗出去，假说到老朋友家去玩，其实是妓院。杨邦乂开始没有怀疑，酒过几巡之后，妓女出来了。杨邦乂大吃一惊，急急回到舍宿，脱下衣服帽子一把火烧掉，还痛哭流涕地责备自己。

仅仅是一次酒宴，衣服当然是脏不到哪里去的，杨邦乂烧衣服，实则是表达了对出入妓院这种行为的鄙夷、痛恨态度。一方面，这是以实际行动宣誓自己的清白立场，另一方面，也是对别人企图引诱、胁迫他堕落做法的警告，不难想象，经过这样一次烧衣，还有什么人敢于欺骗、拉拢他去往那些龌龊的地方？

如果说杨邦乂少年时期的烧衣是他个人节操的初次展示，那么壮年时期为国捐躯就是他人生的光辉顶点。

南宋建炎三年（1129），金人兵临健康，以户部尚书李棁、显谟阁直学士陈邦光为首的众多官员持降书在十里亭跪拜迎接金帅完颜宗弼，只有杨邦乂大义凛然决不屈膝，他用血在衣襟上书写"宁做赵氏鬼，不为他邦臣"以表明心迹。其后，完颜宗弼又以官职引诱杨邦乂，杨邦乂头触石礅，鲜血直流，说："世上难道有不怕死而可以用利惑动的吗？快点杀掉我吧。"他怒斥李棁、陈邦光等人的变节行为，面对生死选择，奋笔在纸上写了"死"字，遥望完颜宗弼大骂不止，完颜宗弼大怒，杀害了杨邦乂，还剖肚取出了他的心脏，一代英烈从容赴死，谱写了一曲流芳千古的悲壮之歌。

少时的烧衣，后来的忠义殉国，虽然事分大小，却是一脉相承的，烧衣已经强烈地彰显了杨邦乂高洁忠直的节操。

"千里之堤溃于蚁穴"，一个人走上腐败变质的歧路，往往是从微不足道的细节开始，从毫无戒备之心的第一次开始，从极具诱惑力的安逸享受开始；或漫不经心，或心存侥幸，或自我宽恕，堕落之门一开，便一发而不可收。然而杨邦乂头脑非常清醒，态度非常坚决，面对诱惑，做出了迅速的反应："邦乂愕然，疾趋还舍，解其衣冠焚之，流涕自责。"而能做到这样，是因为他有崇高的思想境界，有异乎常人的节操和气质。

任何人都不是生活在真空中的，无论过去还是现在，社会上总会存在导致人们腐化堕落的诱因，从某种意义上说，现代社会的不良诱惑更多、更烈、更复杂。为人处世，只有从细微处做起，拒腐蚀、永不沾，才能树立和保持清白的节操；也只有如此，才会在决定人生走向的重要关口有清醒的认识，不至于一失足成为千古恨。

杨邦乂烧衣，一面明镜。

第二辑：处世

苏东坡谈"还履"中的处世哲学

一直以来，在人们的观念中，大方是良好的做人品质和处世方式，但是，什么样的大方最值得称道？近来读苏东坡《志林》"梁史"篇关于"还履"的一段文字记述，深感大方也是有讲究的。

苏东坡是宋朝进士、重臣、文学家、书法家，他在书中写道：刘凝之被人指认说自己穿的鞋是这人的，于是把自己的鞋子给了他。那人后来找到了丢失的鞋子，便要把刘凝之的鞋子送还回来，刘凝之却拒之不收。沈麟士也被邻居指认说自己穿的鞋子是邻居的。沈麟士笑着说：是你的鞋，随后就给他了。邻居后来找到了丢失的鞋，也送回沈麟士的鞋，沈麟士说："不是你的鞋吗？"并笑着收下了。

同样是错认，同样是还履，结局却截然相反。

苏东坡说："还履虽然是小事，但是处世应当像沈麟士，不应当学刘凝之。"苏东坡所言很有道理。

刘凝之，字志安，小名长年，南宋时期南郡枝江人。刘凝之出身官宦人家，生性简朴且仗义疏财，故而处世口碑不错。沈麟士，字云祯，吴兴武康人，南朝齐教育家，一代儒士，多有著作传世。虽然同为名人，但在还履这件事上，两相比较，刘凝之似乎是有不妥。

在日常生活中，人与人之间错认、错指都是有可能的，把别人的鞋子当作自己的鞋子索要过来据为己有，等当事者发现居然是自己的错误时，内心一定是愧疚的，无疑送还是正确选择。物归其主，还的不仅仅是一双鞋，而且还会安下一颗愧疚的心。沈麟士怀着一颗大度而又平常之心，承受他人之错，又能给他人一个弥补、恕过的机会，符合常理也符合人情。而刘凝之则选择了拒收，这种看起来的大方之举，我们没有理由说是故意的做作、显摆，至少是忽视了还鞋人的感受。

廉者不受嗟来之食的典故想必很多人耳熟能详。既然是施舍，就应该是发自善心、爱心的仁者之举，不应该带有不尊重人格的成分。逃荒之人不受嗟来之食，失去的是生命，赢得的是尊严，而致成如此后果的便是"大方"施舍的黔敖。还履虽非性命攸关的大事，但同样包含有否尊重的问题，很显然，拒收归还的鞋子，刘凝之是犯了一个小小的错误，因而输给了沈麟士。

"还履"不过区区小事，但正所谓小事见精神，细节见修养。苏东坡把"还履"写进《志林》而且加以评论，并不是全盘否定刘凝之，而是讲究处世的学问。千百年之后的今天，我们也只需领会苏东坡的本意，没有必要对刘凝之求全责备。

"还履"的借鉴意义，在于临机处事的修养。人生天地间，会遇到多不胜数的小事，我们在处理任何事情的时候，一定突破自我思想的桎梏，考虑到事情的方方面面，更要设身处地为关联人着想。当然，处事可能一时，但修养须一世，只有天长日久的磨砺，才有可能处事稳妥，不致疏漏、不致失误。

直不疑不辩冤

直不疑，西汉时期南阳人，官至御史大夫。直不疑处世低调、为人厚道，时人尊称他为"有德行的人"。

据《资治通鉴》记载，直不疑担任郎官之职时，共居一室的同僚因事请假回家，误将他人黄金带走，丢失黄金的郎官怀疑是直不疑偷去了。直不疑为此向失主道歉，并买了黄金予以赔偿。后来请假的同僚归来并送还误拿的黄金，真相大白，丢失黄金的那位郎官深为惭愧。直不疑升任中大夫时，有人在上朝时污蔑直不疑，说直不疑与嫂子私通。直不疑闻听只淡淡地说："我没有哥哥。"随后便不再辩白。

这两件事之所以被传为美谈载入史册，是人们认为直不疑胸襟坦荡宽广，有容人的肚量。一方面，坚信清者自清，不急于辩白；另一方面，做人宽宏大量，不搞"秋后算账"。撇开直不疑为官的政绩不说，单就为人处世而言，直不疑的作为是代表了中华民族的优良传统美德。

由于认知能力、阅历、精神境界、立场等诸多方面的差异，人们在日常生活中被他人误解甚至恶意诋毁的事是难免的，面对不白之冤，最能检验一个人的胸襟与修养。毋庸讳言，蒙冤极有可能带来财产的损失或名誉的损坏，事关切身利益，很多人常常受不了，急于辩白洗刷冤枉，这没有什么不合情理。也有人会暴跳如雷，甚至千方百计"一报还一报"，岂不知很多情况下，有些冤情短时间内是很难澄清的，弄得不好还会激化矛盾，带来更严重的恶果。

无端地被人疑为偷金，无端地被人污蔑盗嫂，事关人品、人格，直不疑处变不惊，淡然面对冤屈，反而赢得了人们的尊重，是一种修养，也是一种聪明，是对郑板桥"吃亏是福"最好的诠释。

直不疑能有这样的修为，是他勤奋学习改造思想的结果。史料记载，直不疑喜欢读《老子》一书，从中感悟处世为人之道，讲究虚心实腹、不与人争的修持，所以他才能具有如此宽广心胸和低调做人的实际行为。

以史为镜，传承中华民族优秀精神遗产，以先贤为榜样行事做人，最首要的是学习他们的治学态度、勤勉精神，真正从修养、素质、道德、涵养、造诣各方面提升自己精神境界。

我们褒赞直不疑不辩冤，并非一概反对受到冤枉进行申辩的做法，而是学习他的宽大容人的胸怀和遇事冷静的涵养；褒赞直不疑学习《老子》一书，也并非要全盘接受老庄思想，而是去其糟粕、扬其精华，古为今用，推动当今社会的文明和谐。

如果话题再拓展一点，那就是：史书中的失金郎官在没有充分证据的情况下，不应该武断地给直不疑扣上一顶偷金的帽子；别有用心污蔑直不疑"盗嫂"的人更应该受到谴责；再者，所有的局外人也不能听风就是雨，更不可人云亦云，"群处守口"还是有一定道理的。

直不疑不辩冤，值得我们借鉴。

张齐贤睿智辞仆

　　张齐贤，字师亮，今山东菏泽人，北宋进士，著名政治家，先后担任兵部尚书、吏部尚书等职。张齐贤文武双全，曾率领边军与契丹作战，颇有战绩，并有著作《书录解题》《洛阳摺绅旧闻记》传世。张齐贤为官清正，忠勇报国，对北宋初期政治、军事、外交都有很大贡献，他在处世做人方面也颇有学问，世人称颂他"齐贤德义""进退有礼""盛德君子"。

　　明代文士郑瑄所著《昨非庵日纂》中，有一个张齐贤辞仆的故事，很说明张齐贤为人的品格。

　　一天张齐贤举行家宴，一个仆人偷了几件银器揣在怀里，张齐贤在门帘后发现了却没有追究。后来张齐贤担任宰相，他家的很多仆人也因此做了官，只有那位仆人没有任何的官职俸禄。这个奴仆就乘空闲时间跪在张齐贤面前，说："我侍候您时间最长，其他人都已经封官，您为什么唯独遗漏了我呢？"张齐贤满怀同情地说："你还记得在江南时你偷盗银器的事吗？这件事藏在我心中三十年，从没有告诉过别人，即使你自己也不知道。我现在担任宰相，负有激励清正贤良、斥免贪官污吏的重任，怎能推荐有偷盗行为的人做官呢？念你侍候我很长时间的情分，现在给你三十万钱，你自己另选择一个地方安家吧。因为我已经揭发了你这件过去的丑事，你必然内心有愧，没有颜面再待在这里。"仆人听罢倍感震惊，哭着拜别而去。

虽然仅仅一件事，也能多方面说明了张齐贤为人处世的素养。

仆人偷盗主人家的东西，属于十分错误的行为，通常来说，不被主人送进官府追究，也会被驱离家门，但是张齐贤没有任何的表示，说明他对下人宽宏大量，是一个讲慈悲重情义的人。当然，这个仆人也是偶尔犯错，否则不会三十年不予揭发。

没有追究仆人的过错，并非张齐贤是非不清，当这个仆人提出当官请求的时候，他很婉转也很鲜明地把道理说得清清楚楚，激浊扬清的立场非常坚定。这样做体现了张齐贤为官忠于职守，公私分明，在事关原则的问题上不迁就人情。

既然事情已经到了说开的份上，这个仆人的羞愧、悔恨可想而知，如果继续留在张齐贤身边，生活在偷盗行为的阴影中，那将无时无刻不在经受煎熬。道是无情还有情，张齐贤设身处地为仆人着想，安置好仆人的生活，为仆人走出精神痛苦的深渊创造了条件。

张齐贤是一个封建社会的士大夫，为官多年，史传事迹颇多，仅从他辞仆这一件事中，我们就能够看到蕴涵其中的中华民族优秀道德传统：容人之过，饰人之非；公私分明，忠心守政；宽厚重情，怜悯苍生，难怪人们会说张齐贤是一个好人、一个好官。

历史在发展，社会在变迁。中华民族历史上一代又一代的先贤，用他们的思想、他们的行为以及他们的智慧和意志，铸成了熠熠闪光的民族魂，作为后来人，我们自然应该引以为鉴，继承弘扬，开创更加文明进步的社会主义新时期。

张融巧言讨官

提起跑官要官，多为世人不齿，然而翻阅古人书，读到张融巧言讨官，却感到别有情趣，忍不住会心一笑。

宋庞元英所著《谈薮》中说：太祖尝面许融为司徒长史，敕竟不出。融乘一马甚瘦，太祖曰："卿马何瘦？给粟多少？"融曰："日给一石。"帝曰："何瘦如此？"融曰："臣许而不与。"明日即除司徒长史。

瞧瞧，有意思不？原来张融讨官有理。俗话说"君子一言驷马难追，"更何况你齐太祖是当朝皇帝，理应君无戏言，既然已经当面许诺张融为司徒长史，却为何迟迟不予公布？镜中花、水中月啊，这让人情何以堪！

讨官有技巧，谏言须谨慎。要官的话一句没说，挖了坑，让皇帝自己跳进去。本来臣子骑匹瘦马与皇帝无关，偏要问吃多少饲料，没承想张融答了个含沙射影的"许而不与"，这不明摆着是惹火上身了嘛！不过这一招还真管用，第二天这司徒长史的任命便落到了实处。既没有请客送礼，也没有怨言牢骚，让皇帝心甘情愿授官，张融这讨官的手段显然技高一筹。

读罢这桩史上逸事，未曾去考究张融为官是否称职，也不想探讨宋太祖的处事是否得当，只忍不住为张融的幽默、机敏赞叹！

再查考，原来这张融是极富个性的有趣人儿。张融，字思光，今江苏苏州人，中国南朝齐文学家、书法家，官至黄门郎，太子中庶子，司徒左长史，世称"张长史"。张融是一个丑才，虽然其貌不扬，但是才思敏捷，在清谈、佛学、书法等方面都有很深的造诣，而举止异于常人，能言善辩，语言诙谐，风姿飘逸，世传许多逸闻趣事。

一次齐高帝萧道成召见他，他拖拖拉拉很晚才到。高帝问他为什么迟到，他说见皇帝好比是从地上升往天空，依理本不应该很快，用看似合情合理的语言对皇帝施以吹捧，巧妙地掩盖了自己的理亏，高帝非但没有责怪他，而且龙颜大悦。

张融的伶牙俐齿，也常表现在同僚相处之间。一次张融与宝积谢一起拜见太祖，由于宝积谢在皇帝面前道出了他圣殿放屁的事实，酒宴时，张融便不让宝积谢上桌，太祖问其缘由，张融说是不能跟"谢气的嘴"同餐，戏弄了宝积谢，逗乐了齐太祖。

据史料记载，张融虽然行为"风止诡越""意制甚多"，但是正直清廉，品质不差。他曾经谏言修改酷刑，在惩处叛逃射手时，不要株连无辜的家属、长辈，只判处叛逃者五年刑罚。因为他的生活简朴、衣着粗旧褴褛，齐太祖还亲下诏书赐他衣服和鞋子。孝武帝兴建新安寺时，官僚们都大量施舍钱帛，唯独张融只施舍了一百钱，皇帝不但没有责怪他舍施少于他人，反而提出来给他加薪。由于张融为人正直、为官清正，他到社会治安状况恶劣的地方任职，强盗都不忍加害他。

通常人们会认为说话诙谐与油腔滑调很接近，这样的人仿佛有轻浮之嫌。其实，人生本就斑斓多彩，做人只要不违反社会公德，张扬个性没有什么不当。机智、幽默的语言是一种表达思想的技巧和艺术，所以德才兼备的人未必一定终日正襟危坐、不苟言笑，如同张融巧言讨官，也不失为一段流传史册的逸事佳话。

文德皇后用表扬的方式达到规劝的目的

　　明朝进士郑瑄所著的《昨非庵日纂》中有一则文德皇后批评、规劝唐太宗的故事，读罢对文德皇后的贤明、睿智很是佩服。

　　一次唐太宗李世民退朝回宫后，非常愤怒地对文德皇后说："我一定要找机会杀了那个乡巴佬！"文德皇后问道："是怎么回事？"唐太宗说："魏征经常在朝堂上羞辱我。"文德皇后退到里间，换上朝服。走到丈夫面前表示祝贺。唐太宗很是惊奇，问道："你这么做是什么缘故啊？"文德皇后答道："我听说君主圣明才可能有正直的臣下，如今魏征敢于直言相谏，正是因为陛下圣明，我向来蒙陛下恩宠，哪能不祝贺呢！"唐太宗听罢怒气消散，不再对魏征的直谏耿耿于怀。

　　显然，文德皇后对唐太宗杀掉魏征的说法持反对意见，但是，她遵从后宫不干涉朝政的原则，既没有囿于皇威唯诺是从，也没有冒冒失失地反驳太宗，而是巧妙采取迂回战术，用了肯定和鼓励的语气，从夸奖太宗圣明入手，正面引导太宗调整心态，自我反思，最终纠正错误。从效果来看，文德皇后批评规劝人的技巧确实胜常人一筹。

　　与其说文德皇后聪明机智，不如说深明大义。文德皇后规劝的是一位皇帝，俗话说："伴君如伴虎。"在封建的中国，因为言语差池招致严重后果甚至杀身之祸的案例不胜枚举，这其中的利害关系尽人皆知，但是文德皇后视国家利益为上，故而能够胸怀坦荡，无私无畏，护佑贤良。

文德皇后勇于劝谏、善于劝谏，而且达到了预期效果，不是她一时冲动，也不是运气成分，而是她自身素质的充分体现。

文德皇后出生、成长于官宦世家，生性宽和仁慈，智慧明理，处世谦恭，又有名门望族及皇室生活的历练，所以能够持正忠勇，远见卓识、统揽大局，匡正李世民为政的失误。史书记载，文德皇后几次维护忠臣、举贤用良，为形成"贞观之治"盛世做出了贡献。故而史上对文德皇后称颂有加："此则乾坤辅佐之间，绰有余裕。""坤德既轨，彤管有炜。""克树母仪，首盛唐而圣善。""文德长孙后之贤，其行事皆可为后世法。""有古后妃之美，无后世后妃之失。""后之深明大义，乃巾帼中所不可多得者也。"……

无论德还是才，文德皇后都给后世留下了宝贵的精神遗产，单就委婉劝谏一事，就非常值得我们借鉴。诚然，我们与文德皇后所处的时代差别很大，身份地位也有天壤之别，但是，日常生活中也不乏批评、规劝的事情，而怎样规劝人，也实在是大有学问。

规劝的指导思想必须要明确。文德皇后批评、规劝唐太宗是为了庇佑贤良，最根本的目的是为了国家的兴盛、平安，有了这样的大胸怀，哪怕规劝有一定风险，也必定尽力而为之。同样的道理，我们的规劝也一定是为了向好、向善，无论针对什么人，规劝的目的都是有利于国、家、人和社会更和谐、更健康。

规劝的方式一定要艺术。文德皇后从肯定和表扬入手，委婉地启发唐太宗自己纠正错误，最终达到了保护魏征的目的，实现了出发点和落脚点的完美统一，可见规劝方式非常关键。反观我们平时看到有些好心人的批评、规劝，不讲究对象、场合、方法，不但没有实现预期目标，甚至激化矛盾，把事情弄得更糟。

用表扬的话表达批评意见，文德皇后给我们树立了一个样板，这样的规劝方式，值得世人学习、借鉴。

宋真宗以孝择友

古人主张交朋友贵贤不贵多，历经千百年，这种观念作为中华民族优秀传统道德被传承至今。但是，在社会生活中，什么样的朋友是谓贤，往往因人而异。

每个人的世界观、价值观不尽相同，追求的人生目标也必然有所区别。所谓朋友，自然是意趣相近、志同道合的人。有的人以德识人，乐于结交品德高尚、仁厚正直的人，以提升自己精神境界；有的人志在为国为民创一番事业，也就喜欢结交胸怀大志、有理想、有抱负的人；有的人从实用出发，极力结交生财有道、谋官有方的人，为发家致富、仕途顺畅创造条件；有的人享受至上，善于结交酒肉朋友，虽无所事事，醉生梦死已然足矣；还有的人一心结党营私，狗苟蝇营，抱成一团谋取私利、满足私欲……如此等等不一而足，但是千变万化，总逃不脱"物以类聚、人以群分"这个定律，评价一个人，只要看他喜欢和什么样的人在一起，也就错不到哪里去。

"种瓜得瓜种豆得豆"，结交什么朋友能够得到什么结果，说前因后果也好，说现世报应也罢，大抵是错不了的，所以古人说"人生以择友为第一事"很有道理，也有很多先贤为我们树立了择友的榜样。

北宋僧人文莹撰写的《玉壶清话》中便记载了宋真宗以孝择友的故事。

宋真宗喜欢与人谈经，一天，他与龙图阁学士冯元谈《易经》，破例没有谈论经筵常讲的内容。真宗对冯元说："我不愿意劳烦近侍们长时间地站着，想在便斋亭选几位非常有孝道的人作陪，不必讲究宫廷礼节，无须那么正襟危坐，大家随和一些，坐在一起读读经书，闲暇时品品茶，吃吃水果，尽情说说笑笑，累了就休息。"冯元推荐说，查道、李虚己、李行简这三人很孝顺，可以参与。冯元上奏说："查道是歙州人，母亲病重，想喝鳜鱼粥。但时值隆冬，市上没有卖鱼的，查道哭着祷告河神赐给他鳜鱼，凿开冰封的河面，取下头巾，果然捉到一条一尺多长的鳜鱼给母亲吃，由于孝行，后来被举荐四等贤良。李虚己的母亲因病失明，医生说是晦暗的东西遮挡了视线，只要用舌头舔一千天，无须用药就能痊愈。李虚己用了两年的时间为母亲舔眼睛，母亲的眼病终于痊愈。李行简的父亲身患痈疮，非常痛苦，行简用口吮吸腐败的脓液，而且没有吐在地上，他父亲随后便康复了。"宋真宗闻听便立刻召见这三人，让他们天天陪侍在身旁，非常高兴地说："我得到了好朋友。"

当然，由于身份特殊，宋仁宗择友具有非同一般的意义。根据历史记载，查道、李虚己、李行简三人均进士及第，自是满腹经纶，其中查道曾任刑部员外郎、龙图阁待制，李虚己曾任知州、尚书工部侍郎，李行简曾任秘书省著作郎、太常博士、龙图阁待制。从某种意义上讲，宋仁宗择友颇有点儿选贤任能的意味，而这三人为官的名声也不错，事实证明宋真宗以孝察人、以孝择友是正确的。

孝是中华民族文化的核心内容，历来是衡量善恶的重要标准，千百年来，人们一直认为百善孝为先，反之，不孝父母、不敬亲长的人，已经突破仁德底线，更无忠义可言，最不值得结交、信任。宋真宗以孝择友，完全符合传统道德观念，极易得到大众的认同，属于得人心之举，因而也成为传颂后世的美谈。

前事不忘后事之师，宋真宗以孝择友之事已逾千年，但至今依然有借鉴意义。"近朱者赤近墨者黑"，不仅执政者择友须谨慎，即便我们平常人，也一定要牢记"不孝顺的人不可交"这句话。

李隆基明言识人交友切忌小儿市瓜

据《开元遗事》记载，一次唐玄宗李隆基在便殿宴请李白，酒兴正浓的时候，李隆基对李白说："太后当政的时候，政出多门，国家大事由一些奸臣主宰，选用人才就像儿童买瓜，不计生熟苦甜，只要个大就好。"李白则回答说："当朝用人如淘沙取金，剖石采玉，任用都是德才兼备的贤良之士。"

品读史上的这一番君臣对话，且不去考究李隆基对武则天的评说是否得当，也不必揣摩李白的说法有否阿谀奉承之嫌，综合分析二人的用人观念，对我们处世中的识人交友大有借鉴意义。

李白认为正确的用人之道当如同沙里淘金、剖石采玉，我们移植在识人交友方面，可以理解为不是一味地广交、滥交，必须仔细甄别，既要听其言，更要观其行，透过一个人的表面现象认清他的品质，从而择善而交。李隆基则从反面提出警示，用人之道切忌小儿市瓜，只看表象，不择香味，其含义与李白之说有异曲同工之妙。

交友不慎，很有可能招致不良后果，轻则无益，重则受害。傅立、皮日休、王充、王通、刘向等等先贤，都表达过含义大抵相似的态度："近朱者赤，近墨者黑。""近贤则聪，近愚则聩。""善人同处，则日闻嘉训；恶人从游，则日生邪情。""以财交者，财尽而交绝。以色交者，华落而爱渝。以势相交者，势倾则绝。以利相交者，利寡则散。"言之凿凿，告诫世人绝对不能交往那种毫无精神营养和正能量的"损友""昵友""贼友""势利友"。

人生在世，很难影响、改变他人素养，但选择什么样的人做朋友，完全由自己决定。古语说"物以类聚人以群分"，用现代语言来说，世界观、人生观、价值观不同的人，不可能在同一个精神频率上共振，也就没有共同语言；品质、素养、志趣迥异，不可能成为"益友""畏友""密友"。

历史上的先贤对如何交友有过很多的精辟、珍贵的训示。古人主张朋友贵贤不贵多，至于何者为贤，也多有论说。孔子眼中的好友，应该是"友直，友谅，友多闻。"孟子说："友也者，友其德也，不可以有挟也"。庄子说："君子之交淡如水，小人之交甘若醴。君子淡以亲，小人甘以绝。"苏浚认为密友"道义相砥，过失相规，缓急可共，生死可托。"择友相交总的来说离不开品德、才能、感情这三大因素，而最为重要的是品德。

很遗憾，古往今来，总是有人交友如小儿市瓜，不看香味，只看瓜大。

这里的"大"，只不过是表象的代名词。比如财大气粗，豪车别墅，一掷千金，俨然土豪大款；比如权高位重，身居要职或重要部门，手中掌管一定的权力，至少在社会生活中有让别人可能求于他的本钱；比如名声在外，什么腕儿、什么星、什么长……比如衣着鲜丽、相貌悦人，或者"高富帅"，或者"白富美"，一见倾心，油然滋生出满心欢喜。至于是不是绣花枕头、酒囊饭袋，更或者品行恶劣、道德低下，有没有为富不仁、特权以售其奸甚至坑蒙拐骗，那就顾不得了。

能不能沙里淘金、剖石采玉，交到忠于感情、心灵相通、生死相依、患难与共的好朋友，关键取决于自身精神境界的高度。正如白居易所说："以德义立身者，必交于德义，不交于险僻；以正直克己者，必交于正直，不朋于颇邪。"这样的人自然具有明眸慧眼，哪怕面对百般逢迎，千般诱惑，也完全有能力辨识是真善美还是假丑恶，相识相交到"金玉"之友。如果自身品位不高，私欲熏心，目光短浅，也就可能连"瓜"的香臭都分不清，只看个大便拣；更有甚者，为了眼前的一己私利，明知是臭也要选择、也要亲近，那就不仅仅是小儿市瓜的问题了。

　　归根结底，杜绝小儿市瓜，正确识人交友，还要提高自身素质。

要善于克己性情之短

《资治通鉴》中有一段话，记载了我国南北朝时期刘宋王朝第三位皇帝刘义隆劝诫刘义恭克己性情之短的事情。

公元 429 年，刘义隆任命胞弟刘义恭为都督荆、湘等八州诸军事并兼任荆州刺史。刘义恭走马上任之际，刘义隆写信劝诫刘义恭："天下艰难，家国事重，虽曰守成，实亦未易。"

刘义隆很直接地对刘义恭说：你性情急躁，心里有了想法，就要不顾一切地去实行。即使你本来没有某种愿望，但一旦受到外界影响，你也会立刻产生欲望，这样最容易招致祸端，你应该时刻提醒自己克制冲动。

刘义隆还列举古人之例说，卫青对待士大夫礼貌谦恭，对小人也有恩惠；西门豹知道自己性情刚直急躁，常常佩带苇草；董安于知道自己性情宽容、做事缓慢，常常佩带弓弦，都是为了矫正自己急躁或滞缓的性情，因此他们的美名得到了后世的传颂。而关羽、张飞都因为任性偏激招致失败。

刘义隆嘱托刘义恭，为人处事一定要深刻体会古人的行为，并用以借鉴。

刘义隆针对刘义恭性情急躁的弱点进行劝诫，观点明晰，有理有据，语重心长，时至今日，认真揣摩其中的内涵，对我们修身养性也是大有裨益的。

性情，指的是人人都有的秉性、气质和脾气，虽然都带有自然的属性，但在日常社会生活中，性情会直接影响一个人的处事心态、处事方式，在某些时候起着决定得失成败的作用。

很显然，有些性情对人生的成功会有很大帮助，比如沉稳、大度、谨慎、豁达、睿智、勇敢、勤劳等等，对处理人际关系、把事情办好、实现人生目标非常有利；反之，暴躁、冒失、吝啬、懦弱、愚钝、胆怯、懒惰等，是为人处事的消极因素，经历量变到质变的积累之后，关键时刻必然成为挫折或者失败的决定性因素。刘宋文帝信中所提到的关羽和张飞，一个急躁骄横，一个急躁暴虐，没有像卫青那样待士大夫谦恭、对小人有恩惠，所以，关羽在部下反叛后兵败被斩，张飞则干脆被部下暗杀，这两人不是输在了武艺不高，而是败在了性情不良。

宋文帝刘义隆在位期间，宋国政治、经济、文化均得到较大的发展，是东晋南北朝国力最为强盛的历史时期，史称"元嘉之治"。刘义隆博览群书、涉略经史，所以能够引经据典对刘义恭进行劝诫。

重温这段历史，我们不必如西门豹那样佩带苇草、董安于那样佩带弓弦，但是一定要懂得克制负面性情的重要性，为人处世要善于扬长避短，不能完全由着自己性子来。

俗话说"人贵有自知之明"，清楚自己性情特点尤其类似"短板"的性情很重要，如果连自己性情方面的弱点都不知道，又谈何克制呢？当然，这与一个人的精神境界有直接的关系，品位高、胸怀阔的人，就能比较容易为自己性情定位，也会自觉警戒由不良性情带来的危险。认清、承认弱点是克制的前提，倘若一味浑浑噩噩不知道自己弱点，也或者明知自身的毛病仍然固执己见，那么吃性情不好的亏是早晚的事。

一个人的性情，在很大程度上是与生俱来的，但是，生活在特定的历史时期，受到社会氛围的熏陶，人的性情也会打上时代的烙印。而且，经过理论和实践的学习以及生活的历练，人的思想境界必然改观，性情、气质也会改善。所以，为了对自身性情的弱点准确定位、有效克制，必须努力改造思想、熔炼品德、提升气质，做一个有理想、有道德、有胸怀、有涵养的人，从而为实现自己的人生梦想、报效国家民族打下坚实的基础。

为人处事当如房

我国南北朝时期北魏有位官员源怀非常有名望。源怀先后担任过侍御中散、雍州刺史、尚书左仆射，还奉诏为使持节，后出据北蕃，官至骠骑大将军。

《资治通鉴》中记载，源怀常说："为贵人当举纲维，何必事事详细！譬如为屋，但外望高显，楹栋平正，基壁完牢，足矣；斧斤不平，斫削不密，非屋之病也。"

源怀为人处事当如房的话，蕴含着深刻的道理。

首先是善于掌控全局，源怀认为，房子外形方面高大突出，结构方面梁柱平正，坚固方面地基和墙壁完好，就足够了。同样的道理，做人要识大体、顾大局，思路要条理清晰，处事要纲举目张，不能"眉毛胡子一把抓"，更没有必要把注意力放在细密的琐事上，避免"抓了芝麻漏了西瓜"。

其次，是说做人处事要直率坦荡，莫忘本质和初心。就像房子每一个局部的雕饰，即便稍有欠缺也不会影响房子的质量，算不得大毛病。反之，一味在雕饰上下功夫，而忽略总体的架构和质量，那才是大问题。

此外还有一层意思，就是做事情要分清轻重缓急，把握主要矛盾，"牵牛要牵牛鼻子"，房子，必须"基壁完牢"；这道理应用在守政方面，就是要关注社会生活中的重点、热点、难点，处理好百姓迫切需要解决的问题。

历史证明，源怀是这么说的，也是这么做的。

在担任雍州刺史的时候，源怀针对兵荒马乱民不聊生的社会现实施政，收到立竿见影的效果，"清俭有惠政，善于抚恤，劫盗息止，流民皆相率来还。"

源怀在担任尚书左仆射时，针对"育物有差，惠罚不等"诸多法治弊端，上书说"法贵经通，治尚简要，刑宪之设，所以纲罗罪人。苟理之所备，不在繁典；行之可通，岂容峻制？"被世宗皇帝元恪采纳。

源怀任使持节巡行北部边境六镇、恒燕朔三州之时，关心百姓疾苦，倾听百姓申诉，减轻百姓负担，不枉私情惩治贪官，还将各镇主帅属员减去五分之二，期间对有利于北方边地的事收集上报朝廷四十余条，都被嘉奖和采纳。

源怀到恒、代二州巡视各镇要害之地时提出了"筑城置戍，分兵把守要害，平时劝农积粟，战时随时出兵征讨"之策，被皇帝采用，对稳定边陲起了重大作用。

此外，源怀任职期间还对官员奖惩、任免，提出过很多中肯的建议，代表了百姓的声音，也都得到了朝廷的肯定。

源怀去世后，世人评价颇佳，世宗皇帝也认为源怀"爱民好施"，谥号为惠公。

源怀一生不凡，政绩突出，与他做人处事的理念有直接关系。

为人处世当如房，很好地阐述了总体与局部、本质与表象、主流与枝节的辩证关系，极富哲理性，与现代哲学、现代领导科学中的"一切从实际出发""从群众中来到群众中去"有异曲同工之妙，即便在当代，对指导人们品德修养、提高处事能力仍然有很强的借鉴意义。

作为现代人，吸收、继承源怀的"宽简"思想，最重要的是解决好人生观、世界观、价值观问题，树立为国家、为民族、为人民献身的精神，立大志、做大事，脚踏实地为提高人民群众物质文化生活水平、为中华民族的伟大复兴贡献力量。

牛弼射牛彰显牛弘之贤

《资治通鉴》中有一段有关牛弼射牛的记事，彰显了其兄牛弘的贤德。

牛弘的弟弟牛弼嗜好饮酒，而且很容易酒后失去情绪控制，牛弼曾醉酒后射杀了牛弘驾车的牛。牛弘回家，他的妻子迎上来对他说："叔叔射死了牛。"牛弘没有感到惊奇，只回答说："做成肉脯。"他坐下后，妻子又说："叔叔忽然射死牛，这是一件非常奇怪的事。"牛弘说："已经知道了。"神色自然若无其事，继续读书没有中断。

从这段文字中，我们可以读出牛弘脾性品德的三个特点：沉稳、宽厚、好学。驾车的牛都被射死了，居然镇定自若，足见其胸怀宽广、深沉稳重；牛弼射牛，属于酒后失德，不但为牛弘造成经济损失，也是一件很辱没面子的事，牛弘毫不计较，说明牛弘宽大包容，非常看重兄弟情谊；听到妻子一再的申告，依然心无旁骛读书不辍，牛弘好学的精神可见一斑。

一事映三德，这与历史对牛弘的好评完全相符。

史料记载，牛弘，今甘肃省灵台人，北周时即从政，隋文帝即位后，先后任礼部、吏部尚书，是隋朝的名臣。

牛弘自幼好学，博览群书，为官政务繁杂，仍书不释手，因而学识渊博。在任修起居注，请修明堂，定礼乐制度，又奉敕修撰《五礼》百卷，开创藏书史研究，对传承民族文化尤其儒家文化做出了不朽的贡献，被称为大雅君子。任吏部尚书时，选举人才先看德行后看文才，审慎守政，正直无私，他所进用的人大多称职，得到了社会的认可。牛弘生活俭朴，不尚奢华，虽荣宠当世，然而车子、服饰却很一般。牛弘为人谦和，事奉皇帝尽礼，对待下属仁厚，"讷于言而敏于行"，时人称赞牛弘人品高洁，"澄之不清，混之不浊"。

牛弼射牛只是颂扬牛弘品德的一桩逸事，司马光评价历史上的牛弘说："弘宽厚恭俭，学术精博，隋室旧臣，始终信任，悔吝不及者，唯弘一人而已。"虽然文字不多，但也足以说明牛弘的非同一般。

正所谓"是非自有公论、功过后人评说"，牛弘的操行不但经过了社会公众的检验，也经过了历史的大浪淘沙，以现代人的道德评判标准衡量也无可厚非。虽然我们不能说牛弘是完人，但他多方面的优秀品质确实是很多人所不具备的，仅仅在"射牛事件"中表现出来的沉稳大度、兄弟亲和、勤勉好学，也足以做我们的学习榜样。

李从璨一个玩笑送掉性命

后唐明宗皇帝李嗣源出巡大梁之时，任命皇子右卫大将军李从璨为皇城使。趁着皇帝不在，李从璨和客人们在会节园大摆宴席，借着酒兴，李从璨开玩笑登上了御床。这事被安重诲知道后，上奏唐明宗，请求诛杀李从璨，不久，李从璨被明宗赐死。

一个玩笑，不仅断送前程，还搭上了性命，这玩笑付出的代价也忒大了。

诚然，李从璨之死有更深层次的原因。安重诲时任护国节度使，大权独揽，总管朝政，且刚愎专断、飞扬跋扈，眼里容不得异己。殿前展真官马延、宰相任圜都被他先杀而后奏，李从璨不过是又一个撞在枪口上的异己分子而已。《旧唐书》记载："安重诲用事，自诸王将相皆下之，从璨为人刚猛，不能少屈，而性倜傥，轻财好施，重诲忌之。"不听从招呼，早就想除之而后快，正好，斗胆包天戏登御床，这在封建社会简直是逆天行为，李从璨送给了安重诲一个借口。

假如李从璨没有戏登龙床呢？或许结局有所不同。

社会在发展，时代不同了，再不会有人因为登御床而送命，但是绝不能否认这一历史事件留给人们的借鉴意义：玩笑不能开过分。

人生天地间，日常生活中人与人之间的交往是少不了的，相处时适当地开开玩笑非常正常，轻松的话题，诙谐的语言，幽默的故事，乃至彼此之间善意的打趣、调侃，都能活跃气氛、增进情谊。但是，开玩笑也有原则，那就是不能过分，一旦过分，轻则伤和气、伤感情，重则伤身体、埋祸根，再要过分就有可能危及事业前程、人身安全。

有些话题是不能拿来开玩笑的，比如涉及政治纪律、国家法律的事情，决不可儿戏。或许开玩笑的初衷未必有什么政治目的，也未必想对国家、对社会、对他人造成什么危害，但是只为自己说了、做了感觉畅快，或者只为博人一笑，便口无遮拦、行为越轨，全然不考虑社会效果，弄不好便会落个痛快一时遗憾一世的后果。

开玩笑要分对象。比如长者、贤者和有功于社会的特殊人物，理应得到人们的尊重和爱戴，倘若对他们丧失敬畏之心，肆意用戏言诋毁、侮辱，这就违背了中华民族爱老敬贤的道德传统，也必然受到社会大众的批判和指责。再如有些人天性不喜欢开玩笑，不愿意他人打趣、调侃，这就不能强人所难，以免引起反感和冲突。也还有些人自身有某些弱点、缺点、错误，这已经是他们的痛点，如果"哪壶不开提哪壶"，非要"守着矬人说矮话"，去揭人家短处，戳人家痛处，这样的玩笑最容易制造嫌隙、激化矛盾，还是不开的好。

开玩笑要看场合、看环境气氛。喜庆的场合不能扫人家兴，悲戚的场合不能兀自喜形于色，庄重的场合不能只顾自己随心所欲，所谓通情达理，所谓人之常情，这时候便体现出来了。

即便时间、地点、人物都适合开玩笑，也要把握一个度。通常开玩笑多是熟悉的人，互相调侃甚至动手动脚、推推搡搡也都没有什么，但还是要注意分寸。比如语言不能过于低级粗俗，不能伤害他人自尊心；动作不能引起生命和财产的危险。本来是玩笑，就是因为语言过激，因为赌吃赌喝赌输赢，因为类似水边、路边推搡、上房抽梯这样的恶作剧，结果造成了人身伤害，再后悔也就晚了。

生活中少不了开玩笑，开玩笑不能过分。李从璨登御床招致杀身之祸，这桩历史公案让我们举一反三。

卫妇失言留笑柄

《战国策》中有一个"卫人迎新妇"的故事，读后忍俊不禁，笑罢思量，却又感到小故事大道理，蕴含着做人处世的学问。

故事说卫国有人娶亲，新娘子上车后问道："两边拉套的马是谁家的？"车夫说："借的。"于是新娘子对车夫说："打两边的马，别打中间的辕马。"车子到了夫家门口，新娘子刚被扶下车，就嘱咐伴娘说："快灭掉灶膛里的火，以免引起火灾。"她进屋里看到地上有块石臼，就说："快把它搬到窗外去，放在这里妨碍人来回走路。"夫家的人听了，都忍不住笑了。

故事之后，作者评论说："此三言者，皆要言也，然而不免为笑者，蚤晚之时失也。"

一桩很普通的民间婚嫁逸事，却被写进名著，可见作者用意之深。

没有理由说这位新娘子的话是错的：爱惜夫家的马，小心灶火防灾于未然，搬走石臼以免绊脚，这是多么谨慎、多么中肯、多么顾家的责任感！可这么正确的话却偏偏引来耻笑，究其原因，就是因为出言的时机不对。

正在过门的新娘子，最得体的表现，是按照风土习俗完成婚典，而不是以主妇自居，指手画脚地让别人这样那样做什么。

说话，是人们通过语言表达自己的思想，言语之间，立场、观点、涵养、欲望等便会很自然地表现出来，看似无形，却准确反映一个人的品位和素质。卫妇过门所言之所以成为笑柄，就是因为她的话暴露了她的无知、张扬以及虚荣。

每一个健康的人，日常生活中都免不了说话，而如何说话方能得体实在大有学问。

不说违心的话。正直诚实是中华民族优良道德品质的重要组成部分，体现在说话方面就是实事求是，有一说一、有二说二，切不能为了达到个人目的，昧着良心谄媚、逢迎、欺瞒、哄骗，无中生有，言不由衷，或者人前一套背后一套，或者见人说人话见鬼说鬼话，再或者歪曲事实、谎话连篇。倘若有的时候为情势所迫做不到直言不讳，那么保持沉默也是一种不错的选择。

不说废话。我们老家有一句俗语，"好话说三遍，狗也不爱听"，意思是说絮絮叨叨、废话不断，没人愿意听，还会引起他人反感。现实生活中，确实有些人特别张扬，爱表现自己，一旦有机会便喋喋不休，实则暴露了他的浅薄。当然，任何人都不可能"用尺子量着说话"，如果做不到杜绝废话，那么就尽量少说废话。

不说大话。说大话是虚荣的表现，逞一时口舌之快信口开河、言过其实，结果必然是言而无信，误人害己。

不说不合时宜的话。即便是完全正确的话，也要在适宜的时间、场合、气氛时才可以说。喜庆的场合不说扫他人之兴的话；悲伤的场合不可以喜形于色；庄重的场合应不苟言笑；他人正在说话时不要随意抢过话头……

有些话不能说，有些话还要会说。

说话要顾大局。所谓说话顾大局，首先立意要高，要有国家意识、民族意识、大众意识，摆脱狭隘自我思想的束缚。一个被私欲缠身、只为自己谋取名利的人，很难言语得体，也难以取得他人的认可。

说话要暖人心。俗话说："良言一句三冬暖，恶言出口把人伤。"做人要设身处地考虑他人感受，千万不能口不择言只顾自己说得痛快。须知做一个善于倾听的人比动辄"诲人不倦"要高明得多。

提高说话的艺术性。说话的确是一门艺术，能否做到语言诙谐幽默、声情并茂、动人以情、晓人以理，言必达到预期的效果，是一个人综合素质的展现，既有品性修养的因素，也有学识涵养的因素，需要刻苦学习、认真磨砺。

卫妇失言留笑柄，只是一个引子，说话的学问非常深奥，远非一篇小文能够概括，但是只要注意自我修养，即便不能一言九鼎，也会减少言语不当引起的是非，避免祸从口出。

张孟兼因傲慢送命

　　明代洪武年间，浙江浦阳有一个非常有才华的人，名叫张孟兼，遗憾的是张孟兼英年早逝，更令人匪夷所思的，其人是因为傲慢才招来杀身之祸。

　　张孟兼是进士出身，非常有学问，曾经参加《元史》修纂事项，史成后授国子监学录，还先后担任过礼部主事、太常司丞。《明史》记载，开国元勋刘基曾对明太祖说："今天下文章，宋濂第一，其次即臣基，又次即孟兼。"明太祖点头表示赞成。若非有学识，修纂史书这样的千秋伟业，自然轮不到张孟兼参与；而经后人整理的张孟兼文集《白石山房逸稿》流传于世，《四库全书总目提要》中也称赞张孟兼："诗文温雅清丽，具有体裁，而龙骧虎步之气，亦隐然不可遏抑。"更说明张孟兼的才华。

　　张孟兼性格鲜明，是一个眼里融不进沙子的人，他在担任山西佥事时，"廉劲疾恶，纠摘奸猾，令相牵引，每事辄株连数十人。吏民闻张佥事行部，凛然堕胆。"以致"声闻于朝"。为官处事达到令坏人胆战心惊的地步，不是一般的忠于职守、廉洁勤政所能企及的。

　　然而就是这样一个有德有才的官员，却不幸死于非命，分析个中原因，也不失为前车之鉴。

　　明朝洪武十一年（1378），张孟兼升任山东副使。布政使吴印原是受明太祖宠信的僧人，因而为张孟兼所轻视。就因为吴印从中门而入来拜访，张孟兼便鞭笞守门士卒。其后，二人又因以其他事情抵触。明太祖先听了吴印的话，鞭笞张孟兼。张孟兼异常愤恨，逮捕了代吴印写奏疏的人，并要治罪。吴印再次上书，明太祖得知勃然大怒，说："这个没有见识的儒生，是要与我对抗吗？"于是命令将张孟兼逮捕至京城，当众处死。

　　毋庸讳言，张孟兼是封建专制制度的牺牲品。无论如何，张孟兼罪不至死，但是，在当时的社会环境中，"君叫臣死臣不得不死"，张孟兼得罪皇帝宠信之人，又胆敢冒犯"天威"，确乎触及了皇帝的底线。

　　从根本上说，张孟兼之死诚然是时代政治的产物，但是，也不可否认，张孟兼自身的傲慢点燃了这一历史悲剧的导火索。

　　史书记载，张孟兼的傲慢早有端倪。"太祖熟视孟兼曰：'生骨相薄，仕宦，徐徐乃可耳。'"正所谓相由心生，连明太祖都能从表情、举止看出张孟兼恃才傲物的心性，平日里锋芒毕露那是可想而知了。同乡官员宋濂出于爱护，特地规劝他："鸷鸟之扬扬，不如威凤之雝雝；猰㺄之强强，不如祥麟之容容；刑法之堂堂，不如德化之雍雍。"可惜的是张孟兼本性难移，"孟兼性傲，尝坐累谪输作。"哪怕是因为傲慢被罚服劳役，也没有接受教训，最终因为傲慢送掉性命。

　　在君主专制的封建社会，也曾出现过很多铮铮铁骨宁折不弯的贤者：面对外敌入侵宁死不屈，为民请命将生死置之脑后，那是民族气节，那是以民为本，那是高风亮节。但是，张孟兼不属于这样的情况，他的傲慢，不过是一种妄自尊大的表现。有才是长处，清高也不是大过，而傲慢，那就是错了。因傲慢送命，的确不值！

"谦谦君子，用涉大川。"谦恭是中华民族传统美德，才能出众，为人低调，方堪大用；况且山外有山人上有人，倘若小成即满，盲目放大自己的才智，迷失本性，必然做出错误的判断，采取错误的行为，遭受挫折或者失败也就是必然的了。

人无完人，总体而言，张孟兼算得上德才兼备，傲慢只是他品德修养的短板，但傲慢的短板在特定的情况下是致命的。"己不逮而恶人之骄，自弃者也。"张孟兼为世人做了很好的诠释。无论社会如何演变，修身治家齐国平天下，做人还是谦恭一些好！

庄存与千里还一冠

清朝历史上。有个千里还一冠的故事，故事的主人公叫庄存与。

庄存与，字方耕，江南武进人，乾隆年间进士。《清史稿》记载，庄存与在浙江督考时，巡抚送他千金，他拒不接受，随后又送他一个二品官员的顶戴，庄存与接受了。等到路途，随从对他说："那帽子顶上的是真珊瑚，可值一千两金子。"庄存与闻知后，奔驰千余里将顶戴送还。

在中国历史上，为官清廉不接受贿赂者不乏其人，但是庄存与千里还一冠，与一般的拒贿行为有所不同，具有特别的意义。

通常情况下，都是下级向上级行贿，或者是因为有求于别人向掌握某种权力的人行贿，而对向庄存与行贿的是浙江巡抚，它的官职应该高于庄存与，拒绝这样的行贿，等于不给上司面子，极有可能得罪上司。从行贿的礼品上说，只是一个顶戴，虽然可以作为纪念品或者收藏品，但毕竟与金银财宝有区别。再者，事先并不知道这顶戴价值几何，并且已经早早脱离收礼现场千里之外，如果来一个"下不为例"，似乎也有一定的理由。

难能可贵，庄存与果断将顶戴送回。

时过境迁，但剖析这桩历史逸事的根由，依然有借鉴意义。

历史上的庄存与是一个不折不扣的文官，先后担任编修、湖北及浙江乡试、会试考官、湖南提督，直隶学政，内阁学士、礼部左侍郎等官职，曾经潜心精研经学、天文、田地、算法、乐律等学问，而且工于书法，是为《常州经文学派》创始人之一，著有《春秋正辞》《象传论》《尚书说》《乐说》《毛诗说》《周官记》等，统名为《味经斋遗书》传于后世。

毋庸置疑，庄存与是有学问的人。诚然，学渊博是立身处世的法宝，但是，人品比学问更为重要，历史上也曾经有一些才华出众的人，只是因为德不配位，行为不端，因而导致身败名裂。

不因为是上司送礼就因情徇法，不因为仅仅是一项帽子就宽容自己，不因为远隔千里就下不为例，庄存与不愧是防微杜渐拒绝腐败的典范，他洁身自好的思想境界为世人做出了榜样，也永远值得后人学习。

钱翁买房的智慧

《昨非庵日纂》中有一个钱翁买房的故事。

东海的钱翁，本来是小户人家，后来经过努力慢慢致富，便想在城里买房居住。有人告诉他，有处住房许多人已出价七百金，眼看成交，你赶快去看看吧！钱翁查看房子后，居然花费千金将房子买了下来。年轻后辈们说："这房子已达成七百金的价格，你如今突然再加三百金，他们获利太多了吧？"钱翁笑着说："这其中的道理你们不明白。我们不是普通百姓，房主得罪众人把房子卖给我，不稍微多花点钱，他怎么堵住众人的口？况且那些想买而又没买到的人还在思谋这事，我用千金买下出价七百金的房子，房主的愿望已得到充分满足，其他人若再打这房子的主意也无利可图，也就死心塌地放弃了。高兴也罢失意也罢，反正这房子从此就是钱氏的世代家业，我再也没啥可担心的了。"不久后，其他房产多因售价太低而争要补贴，有的卖主要求赎回，往往形成诉讼，唯独钱翁买的房子住得安安然然。

故事短小精悍，寓意却耐人寻味。

若看开始，钱翁傻得可爱，价值七百他出价一千，但到后来，方明白钱翁心思缜密、谋事老道。

买房无疑是个人掏钱的事，一般人会首先考虑性价比，千方百计花费最小的代价谋取尽可能大的利益。但在钱翁这里，他想到了别人，想到卖房人的盈利愿望，想到其他买房人的心理感受，想到自己买房后不落口舌不再有争议。能够如此处事，说明钱翁颇有大局观念，没有顾及一点不计其余。

虽然买房是一时的交易行为，但是住房是长期的，作为不动产，还可以传之后世。不在买房时留下可能的后患，这是钱翁的明智抉择。随着时间推移，房价有可能波动，人心也有可能波动，而钱翁却预见事物的演变，提前消除了不稳定因素。事实也证明，当他人因为房产交易诉诸法律纠缠于官司的时候，钱翁却因为当初多破费三百金而换得了长治久安。走一步看三步，不能不说钱翁目光长远。

故事的结尾一句话是"憔钱氏帖然"，"帖然"远比经济利益的得失重要得多，在很多情况下，"帖然"是金钱也买不来的，然而钱翁买到了。跳出买房看买房，故事给我们的启迪，是钱翁做人处事的智慧。

人生在世，无可避免地会参与社会活动、处理各种各样的人际关系，这种参与和处理的能力，直接关系人生高度，影响到名誉、地位、利益，影响到生活质量甚至安危。而这种能力的大小，是由人的精神境界和学识决定的。

心胸狭窄的人，往往急功近利，看重眼前利益而忽略长远利益，看重局部利益而忽略全局利益，看重显性利益而忽略隐性利益，因而处事不当，因小失大、留下后患都是可能的。"见木不见林"，"浮云遮望眼"，说的就是这样的人、这样的事。

清代名士郑板桥的"吃亏是福"为世人推崇，其实，能够得到福报的吃亏并没有吃亏，那只不过是舍与得关系的巧妙平衡，看似暂时的、微观的、某一件事的吃亏，是获得更优厚长远、宏观利益的伏笔，如同钱翁买房，所得回报不是三百金可以比拟的。

王烈送布感化偷牛贼

　　王烈，字彦方，东汉末年山东平原人。王烈学业精深，为人宽宏大度，善于教诲他人，从年轻时候就非常有名望。

　　《资治通鉴》中有一个王烈送布感化偷牛贼的故事。

　　乡里有一个人偷牛，被牛的主人捉住，偷牛贼承认自己犯错了，说："刑罚处死我都甘心情愿，只请求不要让王烈知道。"王烈听说后，委托人去看他，并送给他一匹布。有人询问其中的缘故，王烈说："偷牛贼畏惧我知道他的过失，说明他还有羞耻心，既然知耻，就还能生出善心。我将布送给他，就是鼓励他改恶从善。"后来，有位老人将佩剑遗失在路上，一个行人看到后便守在那里。傍晚，老人回来找到了剑，非常惊奇，便把这件事告诉王烈。王烈派人调查，原来守剑的人就是从前被他教诲过的偷牛贼。

　　事情不是多么轰轰烈烈，但是却发人深省。

　　人非圣贤，孰能无过。怎么样对待犯错的人，不但检验人之为人的胸怀，也检验人之处事的能力，是反映一个人综合素质的重要标志。

　　或者许多人选择疾恶如仇，会对窃贼指责、辱骂甚至围殴，这完全可以理解。毕竟华夏民族讲究仁义礼智信，"莫以恶小而为之"的道理人人都懂，偷窃为世人所不齿，况且，在生产力非常不发达的封建社会，耕牛无异于普通种田人家的半条命，这样的恶行，连偷牛贼都自认为处死也不为过，然而，王烈迥然不同于常人，却派人看望偷牛贼并送布匹以示关怀。

事实证明，王烈的做法是正确的，他不仅感化偷牛贼不再堕落，成为一个有善心善行的好人，而且他宽宏大度的高尚品德，带动一方社会风气向善，成为化解社会矛盾的精神力量。

《资治通鉴》记载，民间发生争讼纠纷后，去请王烈评判，常常有人因为羞于让王烈知道自己与他人发生纠纷，或者半途而返，或者看到王烈的住宅而回，互相向对方做出让步。

这该是多大的影响力，又是多么值得称道的风气！

在外界因素的影响下，人的品行是有可能变化的，这种影响可以是某种社会氛围，也可以是某一个人的教化，像催化剂一样，促使人或者向恶，好人变坏；或者向善，坏人变好。王烈对偷牛贼动之以情，感化、激励他悔过自新，从偷窃耕牛的恶人转化为路不拾遗、守剑还剑的善人。从教育人的角度说，王烈的做法远胜刑罚，颇有示范意义。

王烈的智慧，在于从偷牛贼的请求中捕捉到其人尚存向善之心，而偷牛贼良心未泯，固有的向善愿望是他洗心革面重新做人的基础，这是关键之所在。假若一个人自甘堕落，屡教不改也并非不可能。从做人的角度讲，坚持自尊、自省、自律当然是第一位的。

盛德不是一时一事，更不是说说而已。历史资料记载，王烈身处三国战乱时期，坚持辞官不仕，却热心兴办学校教育乡民，还在路遇饥民即分享自己的口粮使人活命，自身就是行善远恶的楷模，如此才具有闻名遐迩的盛德盛名，才具有让人信服的影响力。

古镜今鉴，当代人传承先贤优秀道德品质，也要首先身体力行强化思想修为，提升自己的精神境界。

第二辑：职场

古人笑言拒"雅贿"

宋代文人吴坰所著的《五总志》中，记述了两位先贤笑言巧拒"雅贿"的事情，读来颇受教益。

书中记载，有一个朝廷官员想向吕蒙正行贿，就带了家中收藏的一面古镜前来拜访，他告诉吕蒙正，这铜镜是家藏的珍宝，能够映照二百里，现在特意敬献给您。吕蒙正说，我的脸面还没有一只盘子大，哪里需要照二百里？拒绝了这个官员的贿赂。无独有偶，有人为了讨好王安石，就把一块砚台呈现在王安石面前，说，这是一块神奇的砚台，只要呵一口气，就会自动生出水来。王安石笑着说，就是能生出一担水来，又能值多少钱呢？

吴坰说，这两位朝廷大臣的话虽然有调笑戏谑的意味，实际上是用婉转的语言，清楚明白地表明了坚决拒绝物质诱惑的态度，知道的人都对他们廉洁清正的节操由衷地感叹、佩服。

古镜、良砚，或许价值不菲，吕蒙正、王安石不会不知道，可是他们却用"不过如此""那有怎样"的态度一笑拒之，因为他们懂得清廉较之金钱更为宝贵。

吕蒙正，字圣公，河南洛阳人，北宋状元，曾几度拜相。吕蒙正品性厚道宽容，坚守正道、廉洁奉公、刚直不阿，他在任期间知人善用、勇于谏言，世人称颂其为人处事"进退有礼"，是

"盛德君子""远大之器"。

王安石，字介甫，江西抚州人，北宋进士，著名思想家、政治家、文学家、改革家。世人评论王安石"以文章节行高一世，而尤以道德经济为己任"，"视富贵如浮云，不溺于财利酒色，一世之伟人也"。

毋庸置疑，吕蒙正、王安石都是有远大抱负的政治家，"会当凌绝顶，一览众山小"，他们能够笑言拒贿，完全在情理之中，即便面对古镜、良砚这样的"雅贿"，也有强大的精神定力，丝毫不为所动。

同样面对"雅贿"，有的人却不能抗拒。

"雅贿"是一个特殊的贿种，如文房四宝、名人字画、玉器古玩等等，无不贴着文化的标签，带有风雅的气息，用来行贿，便有了文雅的遮羞布。"雅贿"品很难直接用金钱价值衡量，具有行贿受贿的隐蔽性和逃避法律惩处的规避性，因而行贿的人会有诸如用以鉴赏、收藏、纪念等等冠冕堂皇的理由，受贿的人也往往因到手的不是金银钱币而心存侥幸。

"雅贿"也是贿，不会因为附庸风雅就改变它犯罪的本质，也不会因为披了文雅的外衣便能逃脱法律的惩罚。

史书记载，"雅贿"行为古已有之，拒绝"雅贿"的也大有人在，吴坰书中的吕蒙正、王安石就是拒贿的典范，他们的行为代表了中华民族优秀道德传统，为后人做出了榜样。

能不能拒绝"雅贿"，或许是瞬间的一念之别，但却是一个人长期思想修养、本真人品道德的具体展现。吕蒙正、王安石之所以在"雅贿"面前不动心，就是因为站得高、望得远，心里装的是国家、事业，没有私心贪欲的羁绊。现代人要抵御"雅贿"的腐蚀，也必须继承、弘扬前贤的优良传统，升华自己的精神境界，"清节不为物移"，自然不会被"雅贿"的糖弹击败。

张释之断案依法不依势

　　张释之，字季，西汉时期的法官。张释之生性忠贞耿直，在升任廷尉之后，执法严谨，断案即使与皇帝的诏令抵触，仍能执意守法，时人称赞"张释之为廷尉，天下无冤民"。

　　史学家司马光负责编纂的《资治通鉴》对张释之的才学、人品不乏褒奖，其中两段事关判案的记载，特别让我感慨。

　　这年张释之升任廷尉。汉文帝出行至中渭桥时，一人从桥下仓皇而过，惊了御驾之马，文帝很是震怒，于是命人拘捕这人交由张释之查办。张释之审理之后判决这人违反了"清道令"，应予罚款处理。汉文帝很生气地说："这人惊了我的马，幸亏这马脾性温和，如果换了脾气暴躁的马，还不得伤害到我？只判罚款，岂不是太轻！"张释之回奏说："法律是针对所有人的，当今的法律也该如此，超越法律过重判罚，便不能取信于民。如果当初皇上直接让人杀掉他而不经过法律审理，这事也就过去了，既然交给我按律法处置，法律是公平的，若超越法律审判，地方也会有更多不公，老百姓又如何适从？请皇上明察。"文帝思考很久后说："廷尉的判决是对的。"

　　还有一次，有人盗窃汉高祖庙里的玉环被抓，汉文帝责令张释之严惩。张释之按照盗窃罪奏请文帝判处斩首。文帝大怒，说："这个人大逆不道，居然盗先帝器物，我交给廷尉审判，就是想诛灭他全族；而你却依法判他死罪，这就违背了我恭奉宗庙的本意。"张释之免冠顿首谢罪奏说："依法这样判满可以了，况且，还应视情节轻重而有所区别。此人以偷盗宗庙器物之罪被灭族，倘若有愚昧无知之辈从高祖长陵上取走一捧土，还怎么给他更重的惩罚？"于是，文帝向太后说明情况，同意张释之的判处意见。

自古以来，案件的审理，往往会有法律与道理、法律与感情、法律与权势的矛盾。在张释之处置的两起案件中，显然是遇到了法律与权势的矛盾，而且，不是一般的权势，而是法律与国家最高统治者意志的冲突。在封建社会，君叫臣死则臣不得不死，张释之违逆皇帝意愿审理、判决案件，冒着丢官甚至掉脑袋的风险，据法力争，坚持以法律为准绳，足见张释之对法律的掌控成竹在胸，也表现了他大公无私、刚直不阿的高风亮节。

可以推断，张释之在涉及皇帝的案件中尚且能够坚持原则、执法如山，处理其他案件还可能畏权畏势。显然，时人的赞誉张释之受之无愧，他的行为也为后世的执法者做出了榜样。

张释之断案的故事，引以为鉴的不仅仅执法者，每一个社会大众都能够从中得到教益。有一句俗语说得好："人心似铁不是铁，官法如炉真如炉。"这话就是告诫人们，法律不是儿戏，无论你多么不情愿，触犯法律必定会受到惩处。

执法，就当如张释之，秉公守政，无畏无私；做人，就应遵纪守法，别等惩处来临再"抱佛脚"。以史为镜，经常照照，这史书也就没有白读。

青史留名的妇人缝衣

纵观古代史，男耕女织似乎天经地义，妇人缝衣没什么好大惊小怪的，但在清朝乾隆年间，一件妇人缝衣的事情，不但惊动了皇帝，而且青史留名。

事件的主角是甘汝来的夫人，《清史稿》记载：乾隆四年七月，甘汝来赴官府办事之际，突然发病不治身亡。时任吏部尚书讷亲曾与甘汝来共事，便亲自送其遗体回归家乡。到达甘汝来故里后，讷亲率先登门，看到一位老妇人在庭院里缝补衣服，便对老妇人说："禀告你家夫人，尚书不幸去世了！"老妇人大吃一惊，问："你是谁呀？"讷亲遂将原委据实以告，老妇人痛哭流涕，讷亲方才知道这妇人便是甘汝来的妻子，便很关切地问她家中是否还有余钱，老妇人说："有。"并倾囊捧出甘汝来所剩无几的薪金，看到甘汝来家庭如此清贫，讷亲感动得流下眼泪。回到京城以后，讷亲将此事上奏朝廷，乾隆皇帝感念甘汝来为官清正廉洁，赐银千两，并命令官员为甘汝来处理丧事。

在这段文字中，甘汝来已经是故去之人，当然无所表现，但是我们已经从中读出了甘汝来的清官品格。

甘汝来，江西奉新县人，清康熙癸巳年间进士，康熙、雍正、乾隆三朝官员，历任涞水县知县、新安县令、雄县知事、吏部主事、太平府知府、左江巡抚、按察使、巡抚、都察院副都御史、直隶霸昌道、广东布政司、礼部侍郎、兵部尚书之职。

史载甘汝来为官刚直不阿，勤政爱民。在担任涞水县知县时，不畏强权，为民请命，逮捕为害乡里的三等侍卫毕里克及其仆从，除杂派；在新安县，开凿白杨淀堤，溉田数千顷；在雄县，惩奸吏、罢杂派。升任高官之后，更是忠于职守，兢兢业业。处理广西、云南地方事务是非清楚，严疏得当；上书围海造田管理办法，纵禁有道，促进了广东经济发展与社会稳定，造福一方百姓。

作为封建社会的官员，忠贞刚直未必仕途平顺，甘汝来因为惩罚毕里克、违和朝廷意志被两度罢官，即便如此，他初心不改，直到猝死工作岗位，完全当得起"鞠躬尽瘁、死而后已"的赞誉，而去世后家贫至无钱安葬，也充分证明了他的清廉。

甘汝来是一名好官，他的妻子也是一位贤内助。兵部尚书属于朝廷重臣，家中没有仆妇成群，没有藏金纳银，作为尚书夫人，能够安之若素耐得住清贫，能够自己动手缝衣，完全没有官员家眷养尊处优的颐指气使，贤德女人的形象跃然纸上。

妇人缝衣事件中，有一个关键人物讷亲。且不说世人对讷亲勤谨廉洁的史评和指挥失利招致兵败被逼自尽的悲惨结局，单说在处理甘汝来丧事过程中，讷亲的行为有情有义，尤其看到甘汝来身后的家庭状况感极而泣，并上奏朝廷，确实起到了激浊扬清、匡扶正义的作用。至于乾隆皇帝对甘汝来丧事的处置，无论顺应民意安抚人心也好，惩恶奖善安邦定国也罢，无疑都是正确的决定。

尚书夫人缝衣之事已经过去接近三百年，但是历史之鉴不可淡忘，无论当政为官的人还是官员亲属，乃至普通常人，都应该从这一史实中吸取精神营养，培养、树立清白做人、公正处世的世界观，把握正确的人生方向。

苏章"翻脸"的启示

苏章，字儒文，东汉时期陕西咸阳人，博学多才，品性率真，《后汉书》中记载了他一桩"翻脸"逸事。

苏章担任冀州刺史的时候，他的一位老朋友是清河郡太守。苏章在辖区巡视，准备查问这位故人的贪赃枉法罪行。他请这位太守备下酒和菜肴，畅叙平生友情，十分融洽。太守高兴地说："别人只有一个天，唯独我有两个天！"以为老朋友苏章定能包庇他的罪恶。苏章说："今天晚上，我苏孺文跟故人喝酒，这是私情；明天，冀州刺史调查案情，则是国法。"次日，公堂之上苏章遂将老友拿下，依律治罪。于是冀州境内都知道苏章是个刚正无私的人，对其更为敬畏。

前一天晚上还相对饮酒把欢，隔日公堂之上便一个判官、一个阶下囚，苏章真是"翻脸比翻书还快"。

在人们印象中，翻脸比翻书快是说很快改变态度，让人难以捉摸，完全不讲交情，极为不道德，但是我们看到苏章的翻脸，不但没有憎恶，反而由衷地佩服。

苏章之所以让我们敬重，就在于他面对故友罪恶的时候，既没有心慈手软包庇，而是很坚决地秉公执法；也没有疏远冷漠，而是把酒言欢，畅叙旧情，体现了人之常情。一夜之隔，脸色迥异，说明苏章胸怀坦荡，凛然正气、公私分明，于私，有情有义，于公，问心无愧。

故交亲友摊上官司是个很敏感的问题，越是敏感，越是检验一个人的精神境界和品德修养。能否交出一份合格答卷，很可能是瞬间或者短时间的事，而处置的态度却是一个人长期修为的标志。

苏章不失仁义又铁面无私绝不是一时的心血来潮。史册记载，苏章担任议郎时，就敢于在皇帝面前评说政策得失，言论切中时弊，直到担任刺史，摧折豪强，触怒了当权者以致被免官，体现了他的刚直不阿；在担任武原县令时，遭遇荒年，他便开仓放粮，使三千多户百姓度过饥荒，又体现了他的悲悯情怀，充分说明苏章是一个胸有大志、无私无畏、敢说敢为又极其善良可亲的人。

苏章"翻脸"，在做人处事方面为世人树立了楷模形象，至今依然有借鉴意义。当然，能够做到如此立场坚定、公私分明，最根本的是从改造思想入手，提升精神境界，树立天下为公的抱负，培养心系苍生的情怀，舍此并无他法。

胡质劝和留佳话

三国时曹魏大臣胡质，文能断案，武能作战，且为人正直，为官清廉，持家勤谨俭朴。史上对胡质好评如潮。《晋书》夸胡质"以忠清著称"，《三国志》评胡质："性沉实内察，不以其节检物，所在见思。""素业贞粹。""垂称著绩。可谓国之良臣，时之彦士。"

胡质因为父亲的声望被曹操任命为顿丘令，在任期间勤政务实，明察断案，治理有方，后来被提拔为丞相东曹议令史，州里请他担任治中，成为有影响力的官吏。

此时大将军张辽和其护军武周有矛盾，有意拉拢胡质以制衡武周，便托刺史温恢转达他邀请胡质出任幕僚的意向。对一般人来说，这个时候是否受命是很关键的抉择，很有可能就此攀附权贵仕途通达，当然，也有可能因此陷于官场纠葛。

胡质洞悉其中的是非曲直，就以有病为由拒绝了张辽的邀请。张辽对胡质的决定深感意外，对胡质说："我有心栽培你做官，你为什么辜负我的厚意呢？"胡质坦率地回答张辽："古人相交，看他索取很多，但仍相信不贪；看他临阵脱逃而仍相信他不怯，听说流言而不为所动，这样交情才可以长久啊！武周身为雅洁之士。以前您对他赞不绝口，而今只为一点小事，就酿成矛盾。何况我胡质才能浅薄，怎么能始终得到您的信任呢？因此我不愿意就职。"张辽被胡质的正直、诚恳所感动，不但不计较胡质的冒犯，并且与武周重归于好。

胡质不为名利所诱，坚持正义，诚心劝和，最终促进了官员之间的团结，展现了他的正直人品以及洞察能力、大局观念。胡质的劝和行为被传为佳话，而他本人也得到曹操重用，被任命为丞相属。

胡质劝和的故事告诉我们，职场上的不同意见甚至矛盾是客观存在的，当你不得不做出选择的时候，一定不能站在个人主义的立场上从眼前利益出发，更不能企图借用这些矛盾来实现自己的如意算盘。胸怀全局，长远着想，分清是非，秉公处事，才是唯一正确的选择。

王著三评御札

《玉壶清话》中有一段记录王著三评御札的文字，读罢感慨良多。

王著，后汉时期单州单父人，后汉乾祐年间考取进士，历仕后汉、后周、北宋三朝，官至翰林学士。王著深得王羲之书法精髓，"善正书行草，深得家法。"宋太宗喜欢书法，令人拿手书的御札让王著点评，王著评价太宗写的还不够好。经过一番勤学苦练之后，宋太宗再次让人拿御札让王著看，王著评价说进步不明显，跟以前差不多。宋太宗又经过一年多的学习历练，第三次让王著点评，王著称颂说，皇上书法功夫非常精深，我已经望尘莫及了。后来宋真宗听说这件事，对身边的重臣说，"王著是一个善于劝导的人，适合担任御史台官员。"后来让王著做了殿中侍御史。

王著敢于对皇帝的书法提出批评意见，既需要勇气，又需要胸怀。封建社会的皇帝至尊无上，"伴君如伴虎"，因为言语违逆皇帝招来祸灾者大有人在，这一点王著不是不知道，能够有胆量严肃地评析御札书法，恰如史书对他的评价：性豁达，无城府，胸襟坦荡。当有人问王著为什么这样做的时候，他解释说，皇上的书法本来就很好，可是如果我马上说写得好，恐怕皇上不再会像原来一样用功了。其赤诚之心和劝导之术由此可见一斑。宋太宗的书法精妙绝伦，超过了很多以前的著名书法家，固然勤学苦练是关键，但也与王著善于劝导、勉励不无关系。

在这件事情上，作为皇帝，宋太宗的表现至少有两点值得称道。一是听得进逆耳忠言，哪怕一而再、再而三，哪怕王著的批评已经有些苛刻，不但没有羞恼，还能接受批评，更加勤奋。通常而言，若非圣贤，人们多是喜欢褒扬不喜欢贬抑的，宋太宗闻过则改，是明智、自律思想境界的反映。另外一点，宋太宗不贪图安逸，不故步自封，没有骄躁自满，听到批评意见之后"临学益勤"，从严律己，学而不厌，这种严谨态度、进取精神也是难能可贵的。封建社会的皇权超越任何人之上，没有人能够主宰皇帝的意愿，宋太宗自我修炼、自我约束的行为，不但破除了特权思想的禁锢，还达到了常人都不容易达到的地步，从这个意义上讲，宋太宗可谓"学为人师、德为世范"。

王著三评御札，深得宋真宗赏识，尽管王著还曾在后周为臣，还是被安排担当重臣，体现了真宗不唯出身而唯才是用的用人标准，就这一点来说，也是开明之举。

诚然，无论宋太宗、宋真宗还是王著，都属于封建社会的统治阶层，由于时代和地位的原因，他们肯定存有某些落后和糟粕的观念意识，但这不能否认他们的思想行为中包含积极向上的元素，比如诚实坦荡、循循善诱的修养品德，比如戒骄戒躁、好学上进的学习态度，比如唯德唯才的选人、用人之道，都是中华民族优秀道德传统、杰出智慧结晶的重要组成部分，即便在今天，也依然值得我们弘扬和借鉴。

卓茂明断送礼案

卓茂，东汉南阳郡宛县人，汉朝大臣。卓茂博学多识、才思敏捷，又生性仁爱恭谨，先后在政局动荡不安的三个朝代为官且能独善其身。世人评价卓茂"束身自修，执节淳固，诚能为人所不能为。""无敌于天下。""厚性宽中近于仁，犯而不校邻于恕。""情悫德满。""宽仁恭爱。性不好争，劳心谆谆，视人如子，举善而教，口无恶言，吏人亲爱而不忍欺之。""平淡乐易，粹然君子之风，使有圣人为之依归，坐进于道，岂易量哉。"足以说明卓茂在处世做人方面有值得借鉴的独到之处。

既然为官，自然处置过很多官场事务，在《资治通鉴》中，也有大段关于卓茂的记述，字里行间不乏褒赞之意，其中有一个卓茂明断送礼案件的故事，读过发人深省。

故事并不复杂。

卓茂在任密县县令的时候，有人反映卓茂属下的亭长收了他赠送的米和肉，卓茂询问这个人："是亭长向你索要？是你求他办事送他？还是觉得他人不错而送给他的呢？"那人说："是我主动送给他的。"卓茂说："你送他，他收了，为什么还告发他呢？"那人说是仅仅是怕官才送的。卓茂说："人比禽兽可贵，是因为人懂得仁爱，知道相互尊敬。对值得尊重的人送些东西，是人与人之间相亲相爱的表示，何况官和民呢？做官的只是不应当凭借权势强行向人索取礼物罢了。人活着在一起生活，彼此用礼义纲常来和人相处是人之常情。你难道不在人间么？亭长一向是个好官，有时送他礼物，是符合礼的。"那人说："法律为什么禁止给当官的送礼呢？"卓茂说："法律是大框架，礼是用来顺应人心的。用礼教诲，人与人之间能和谐相处，如果都按法律处置，小错可判罪，大错可杀头。"人们都认可、接受卓茂的教导，官吏也感激他的恩德。

审视一桩并不复杂的送礼案，我们便从中感悟到卓茂仁义明智的胸怀和温厚善教的情操。听到举报之后，卓茂并没有急于下结论、作表态，而是冷静进行详尽地调查，然后予以合理的定性。同样是礼物，但是，利用职权索礼和一般人情礼仪往来的性质是有根本区别的。在弄清事情原委之后，卓茂并没有简单地对这个送礼人进行斥责，更没有粗暴冠以诬告的罪名，而是耐心晓之以理，讲述法律与人情的关系，让他懂得道理，既保护了好官，也疏解了矛盾，从一定意义上促进了社会和谐。

读这段历史，重要的并非学习断案本领，而是从中领会怎样看待送礼这种行为。中华民族是礼仪之邦，礼尚往来不仅仅是一种交际手段，更多时候是一种借以传达尊重、关怀、温暖感情的表达方式，本质上具有积极文明的意义。

周举弹劾知遇恩师

　　在人们观念中，忘恩负义是不道德的，恩将仇报更为人所不齿，但我在《资治通鉴》读到周举恩将仇报故事的时候，却情不自禁生出敬意。

　　周举，字宣光，汝南郡汝阳县人。134 年，尚书令左雄举荐周举由冀州刺史擢升为尚书，不久后左雄因为保荐冯直有将帅之才，便受到了周举的弹劾。周举认为冯直曾经犯过贪污罪，而左雄举荐这样的坏人是错误的。左雄接受不了这样的事实，发牢骚说是举荐周举是自作自受。周举以历史故事说服左雄，"过去，赵宣子任用韩厥为司马，韩厥却用军法将赵宣子的奴仆杀掉，赵宣子对各位大夫说：'你们应该向我祝贺，我推荐韩厥，他果然尽忠职守。'而今，承蒙您不嫌弃我没有才能，将我推荐到朝廷，所以我不敢迎合您，让您蒙羞。可是，想不到您的看法和赵宣子完全不一样。"听周举这样说，左雄转怨为喜，承认了徇情推荐冯直的过错，并向周举道歉，因此更加赢得了世人的好评和尊重。

　　因为有左雄的举荐，周举才得以由地方官员升任朝廷官员，这相当于伯乐识马，按照官场旧习，知遇之恩理当厚报，但是，出乎常人预料，周举竟然毫不顾及私情检举恩师的错误。这一事件体现了周举忠诚守政、公私分明的高风亮节，这是一般人难以做到的。

从处事的角度看，周举也是有才能的。他在弹劾事件中，一方面坚持原则不妥协，态度鲜明，立场坚定，勇于同错误行为做斗争；一方面动之以情、晓之以理，用史上贤者严以律己、自省自重的故事感化说服恩师，丝毫没有得志便猖狂的小人做派，从中也看出他弹劾行为完全出于公心，没有掺杂任何个人成分。

作为被弹劾的对象，左雄的表现也可圈可点。在经过周举的劝解之后，左雄由原来满腹委屈的"进君，适所以自伐也"，转变到心悦诚服的"是吾之过也"，无疑展现了左雄以大局为重的宽广胸怀。至于一度错误保荐冯直不必苛求，一则事出有因，二则知错能改，已经善莫大焉，毕竟人无完人。

弹劾事件有一个完美的结局，关键的因素是相关人的精神境界决定的。历史评价左雄胸有大志，知识渊博，品性笃厚，处事果敢干练。司马光在《资治通鉴》中毫不掩饰对左雄的褒誉："雄公直精明，能审核真伪，决志行之。"而周举也是博学多闻，为人清高忠直，病逝后汉桓帝刘志诏告天下，称颂周举品德与伯夷、史鱼一样高洁，忠节超过了随会、管仲，功绩值得钦佩。不难看出，正是由于这两人都有清正为公的思想基础，才有了最终的皆大欢喜。

生活中遇到公正与私情冲突的情形并不少见，怎样处理才为妥当？周举为后人做出了榜样，他的气节精神，他的处置方式，都值得借鉴。当然，处事可能一时，而修养必须一世，没有思想修炼的底蕴，没有足够的学识，仅凭个人意愿就想把事情做好，恐怕是不可能的。

赵括之母劝阻赵括为将

公元前 260 年，秦、赵对垒，秦军屡胜赵军，廉颇令赵军守营不出。赵孝成王求胜心切，中了秦国的反间计，让只会谈兵法而无实战经验的赵括取代廉颇为将。赵括立刻更改法令主动出击，结果中了埋伏，遭秦军突袭，被切断补给线，赵军苦战四十几天后，突围未果，赵括阵亡，几十万赵军被迫降秦，赵国几近灭亡。

这一中国历史上因纸上谈兵而惨遭失败的典型案例，留给后人深刻的借鉴，赵孝成王虽用人不疑却用人不慎、赵括能奋勇杀敌却轻敌冒进，惨痛的教训令人唏嘘。但是，在这一历史事件中，有一个人的表现让我们心悦诚服，这个人就是赵括的母亲。

"括将行，其母上书，言括不可使。"儿子当了大将军，这是建功立业、光宗耀祖的绝好机会和途径，赵母不但没有喜形于色，反而上书赵王劝止，说自己的儿子不堪重任。赵母上书的意义，我们可以用反证法来说明：假如赵王听信赵母的建议，没有将兵权交给赵括，就不会有轻敌冒进之说，也就不可能有赵军的惨败，而赵括也就不可能阵亡。可见赵母建议的价值，于国于家都胜过连城。

解析赵括之母反对儿子为将，与其说一位母亲大公无私，不如说是一位女士聪明睿智。

《资治通鉴》记载：赵母曾经问过丈夫赵奢，为什么赵括不能领兵打仗，赵奢说："战争是生死之争，而赵括说起来却很随意。赵国不用他为大将还罢，如果用他，毁灭赵军的必定是赵括。"在赵王询问为何劝止赵括为将时，赵母也说到赵括不像父亲那样克己奉公、将士同甘共苦，而是养尊处优、贪财利己，不具备领导素质。充分证明赵母劝阻赵括为将，是建立在对儿子充分了解、正确评价的基础之上，而不是一时心血来潮、盲目冲动。

赵母上书，是在赵括行将上任的关键时刻，若不是深知其中的利害关系，赵母也不可能果断而行，可惜赵王辜负了这位睿智女性的善意之为。

当得知赵括为将已成定局的时候，赵母已经预见到未来的灾难，她要求赵王在赵括犯错误之后，不要治她的连坐之罪，这无疑是为自己留了后路，其先见之明可见一斑。

重温这段历史，我不为秦赵大战的胜负感慨，而是由衷地赞叹赵括母亲的深明大义。赵母冷静审时度势，非常客观地看待儿子的才能，态度鲜明地拒绝"将军"这个头衔带来的名利诱惑。赵母的举动，看起来置亲情于不顾，似乎冷酷无情，实际上是高层次的爱。这位母亲，以劝止赵括为将的实际行动，诠释了她对儿子、对国家的深情厚爱。

莫以爱的名义贻害子女，这是赵括之母劝阻赵括为将留给后人的警示意义。

赵绰以直报怨

《资治通鉴》中有一个赵绰以直报怨的故事，读罢由衷为他的宽大胸怀和无私无畏感叹。

赵绰，山西省永济县人，秉性正直刚毅，处事精明能干，先后任职为隋代司法机关的大理丞、大理正、尚书都官侍郎、刑部侍郎、大理少卿。赵绰处置过许多人命关天的重案，不惜以自己的生命为代价维护法律的尊严，时评"处法平允，考绩连最"。其中，"来旷案"不但显示了赵绰的执法严谨，更显示了他不计私人恩怨的高风亮节。

《资治通鉴》记载：大理寺掌固来旷由于揭发执法官吏对囚犯量刑定罪太宽，深得隋文帝好评，认为来旷忠诚正直，给予他每天早晨站在五品官员行列中参见的待遇。其后，来旷又报告说大理少卿赵绰违法释放囚徒，但经隋文帝派遣的使臣调查，赵绰并没有枉法偏袒行为，隋文帝非常愤怒，下令将来旷斩首。赵绰据理力争，认为来旷罪不当死，隋文帝不听，拂衣进入内宫。赵绰又假称："我不再审理来旷的事情，我还有别的事没有来得及上奏。"隋文帝让人引赵绰入内宫，赵绰再次拜奏说："我犯了三项死罪：身为大理寺少卿，没有约束住掌固来旷，使他触犯了朝廷刑律，这是其一；囚犯罪不当死，而我不能以死相争，这是其二；我本来没有别的事，而以妄言求见陛下，这是其三。"听了赵绰的话，隋文帝脸色缓和下来。当时恰好独孤皇后在座，隋文帝就下令赏赐赵绰两金杯酒，并且连金杯也赏赐给他。由于赵绰力谏，来旷得以免死，被流放到广州。

纵观"来旷案"，首先肯定来旷是有罪的，来旷的诬陷，用心非常险恶，有可能让赵绰掉脑袋。按照人之常情，赵绰有理由记恨来旷，况且将来旷斩首是皇帝的旨意，赵绰只要冷眼旁观就可送来旷一命归西，也绝对不会落下挟嫌报复的口实。但是赵绰没有忘记执法者的责任，站在法律的立场，奏请隋文帝不要判处来旷死刑，甚至以加自身死罪的做法，再三力争，终于保住了来旷的性命。

来旷不死，与其说是赵绰的胜利，不如说是法律的胜利，没有赵绰这样的人执法、护法，区区一个来旷，死在皇帝旨意之下，那还不是轻而易举的事？

身为执法者，历史上的赵绰曾经保住了许多人的性命，譬如"绯裤案"中的刑部侍郎辛亶，"恶钱案"中的两位平民，都是赵绰冒死相谏，促使隋文帝"刀下留人"，这并非是赵绰执法宽松，而是严格依照法律量刑。在"萧世略江南谋反案"中，赵绰主张其父萧摩诃应当因牵连定罪，不能因为是名将而宽容、放纵，从另一个侧面说明赵绰执法的严肃认真。

赵绰执法，是法律之幸、民众之幸、社会之幸。

在"来旷案"中，我们看到了赵绰秉公执法的刚直不阿，这种刚直不阿，是建立在赵绰毫无自私自利之心基础上的，既抛开了个人情仇恩怨，也抛开了生死得失，他为世人树立了一面大公无私、以直报怨的镜子。这在封建社会不但是难能可贵，即便放到当代，也不愧为执法者的楷模。

赵绰深知"律者天下之大信，其可失乎"，有了如此坚实的思想基础，赵绰才能"执法一心，不软惜死"。在"来旷案"中的以直报怨，也是赵绰崇高思想境界的反映。所以，我们借鉴、传承赵绰的优秀品质，还是应该在加强品德修养上下功夫。

自身正才有人心所向

唐宣宗李忱是唐朝第十六位皇帝，在位期间勤于政事，孜孜求治，国家相对安定繁荣，世人对李忱的评价颇多褒奖，司马光在《资治通鉴》称："宣宗性明察沈断，用法无私，从谏如流，重惜官赏，恭谨节俭，惠爱民物，故大中之政，讫于唐亡，人思咏之，谓之小太宗。"

李忱执政有许多过人之处，尤其在整肃吏治方面，顺应民心，奖惩有据，任免得当，这也是成就"大中之治"重要保证。《资治通鉴》记载，一次，唐宣宗出苑城游猎，遇到泾阳县一位樵夫，聊天中说到县令李行言为政情况，樵夫说李行言性格固执，居然能顶住来自宦官的压力，硬是将几个强盗全部处死。唐宣宗回宫后，便将李行言的名字行事写在一个帖子上并挂于自己寝殿中的柱子上。后来又提拔李行言为海州刺史。还有一次，唐宣宗在渭上游猎，看见十几位父老聚集在一个佛祠前祈祷，唐宣宗经讯问得知，县令李君政绩优异，但任期已经届满，理当罢官，老百姓便到官府乞求，并于佛祠前祈祷，希望李君能留任。唐宣宗便把这事记在心里，后来亲手写诏敕任命李君为怀州刺史。

很显然，李行言与李君的提拔得益于唐宣宗选贤任能的治吏方针，但是，来自民间的赞誉起了至关重要的作用。

古人说，"水能载舟，亦能覆舟"，说明了水与舟相互依存又相互对立的辩证关系，这个道理不仅仅适用国家统治者与普通老百姓，也适用于所有人际关系中的领导与被领导者，适用于所有政府职员与老百姓。正如没有百姓的称颂，唐宣宗便不可能了解李行言与李君的德能，这二人也就不可能得到重用，从这个意义上说，是民意托起了李行言与李君的"船"。

唐宣宗认识、记住李行言和李君的政绩并且予以提拔，确实有偶然的成分，但最根本的还是由于李行言和李君自身之正。李行言无私无畏，刚直不阿；李君勤于政事，造福一方，所以才能赢得民心。反之，同样是这两人，倘若政绩平庸甚至声名狼藉，那后果自然是另外一种情况了。

古今一理，当代从政的人也都希望自己博得下级和基层群众的好评，在社会上有一个好名声，也确实有很多人一身正气，两袖清风，忠于职守，勤勉奉公，做兢兢业业的人民公仆，以实际行动谱写靓丽的人生篇章。

凡事有因便有果，自身不正直、处事不勤勉，落个"差评"完全在情理之中，即便"唐宣宗"赐给重用机会，老百姓也不会满意、不会答应，更不会拥护。

李行言和李君能够升迁，得益于百姓"点赞"，而百姓的人心所向，是源于自身的行为操守。李行言和李君不念个人得失，心里装着国家和百姓利益，装着法纪纲常，并在具体行动中体现出来，于是才有良好政绩，才有好评，才有成功。

归根结底，精神境界决定一切，自身正才有人心所向，这个道理，值得后人借鉴。

郑清之不喜欢树立异己

　　郑清之，字德源，浙江宁波人，嘉定年间进士，是四登相位的南宋重臣。郑清之学识渊博，谋略深远，处事公允，故为官四十九年深得朝廷信任乃至善终。

　　郑清之做人胸襟宽阔，不计前嫌举贤任能，这大概是他仕途畅顺的重要因素。

　　《宋史》列传记述，郑清之不喜欢树立异己。郑清之再次担任宰相后，曾在论事时触犯过他的官员汤巾请求辞官，郑清之说："你想当君子，让谁当小人？"极力予以挽留。徐清叟曾经弹劾过郑清之，郑清之却任用他一起执政。赵葵做军队统帅一年多，请求辞官，皇上不知怎么安排他。郑清之说："不让他做宰相不足以表达对他的酬劳，陛下难道是因为我在宰相的位置上而不任命他吗？我一定不会因为赵葵任宰相就辞官，我愿意为左相，让赵葵为右相。"皇上也同意了他的意见。

　　史实中涉及的三人，个个与郑清之有撇不开的私人关系。汤巾触犯过他，徐清叟弹劾过他，而赵葵一旦为右相，则是位列郑清之之上，无疑将相对降低他的地位。但是，郑清之以国事为重，抛弃个人恩怨，该挽留的挽留，该共事的共事，该推荐的推荐，表现出为人处世的坦荡胸怀。郑清之如此之为，自然会得到社会公论的好评，而当事者还有什么理由视他为异己成为政敌呢？

常言说："多个朋友多条路，多个冤家多堵墙。"倘若认为郑清之仅仅是为怕得罪人、怕树敌太多于自己守政不利，才当老好人，江湖义气地来个一团和气，那就错了。

历史记载，汤巾，江西余江汤源人，嘉定七年进士。汤巾读书破万卷，古今无不通，是当之无愧的饱学之士、国史之才，为官政绩也可圈可点。徐清叟，字直翁，福建浦城人，与汤巾同年考中进士。徐清叟曾任礼部尚书、宰相等职，以中直劝谏、勤谨守政名垂史册。赵葵，字南仲，湖南衡山人。赵葵颇具文才武略，历仕宁宗、理宗、度宗三朝，曾任兵部侍郎、刑部尚书、丞相等职，不但是忠勇报国的杰出将领，而且工于诗文绘画。后人对赵葵评价极高，称誉"朝廷倚之，如长城之势"。

不难看出，郑清之不愿意当成异己的人，都是德才兼备的国家栋梁，只不过与他有某种牵涉到个人利益的干系而已。也可以推断，倘若这几个人缺德少才，郑清之决不会力荐、任用。在郑清之看来，国家事大，个人事小，如果站在个人立场上患得患失，只从个人恩怨出发评判、任用官员，那不是君子行为。

当然，郑清之不树异己，对自己守政也大有益处，但是，这不能看成仅仅是一种处事智慧，大事当前不计小我，更是一种大公无私的精神境界。

郑清之离世已近千年，但是他不喜欢树立异己所表现出来的高风亮节，将永载史册，永远值得后人借鉴。

吕蒙正"一知"不若"毋知"

吕蒙正，字圣功，河南洛阳人，太平兴国二年状元，是三度拜相的北宋重臣。吕蒙正德才兼备，为官多年，中直尽责、举贤任能、敢于劝谏，廉洁无私、不贪不腐。

史书记载，吕蒙正曾经贡献家财三百多万作为营建经费，而拒收古镜贿赂的佳话更是千古流传。

吕蒙正的宽厚大度尤其为世人称道。《宋史》称："蒙正质厚宽简，有重望，以正道自持。遇事敢言，每论时政，有未允者，必固称不可。"吕蒙正曾经不顾及皇帝的不满，三次举荐一位官员，连宋太宗都折服地说："蒙正气量，我不如。"

载于《宋史》的一则逸事，也充分证明吕蒙正不愧"宰相肚里能撑船"。

吕蒙正初任参知政事进入朝堂参与议事时，有一位中央官吏在朝堂帘内指着吕蒙正说："这小子也当上了参知政事呀？"吕蒙正佯装没有听见而走过。吕蒙正的同事非常愤怒，当即就要查问那个人的姓名，吕蒙正急忙制止，说："假若一旦知道那个人的姓名，我便耿耿于怀终身不能忘记，还不如不知道那个人姓名为好。"当时的人们知道后都非常佩服吕蒙正的度量。

是人都有自尊心，平白无故遭人蔑视，听到以侮辱性质的口气说出不符合实际的评价，一般人难以接受，脾气急躁的人很可能当即就要讨个说法，甚至会铭记在心，准备"秋后算账"。特别如吕蒙正这样的人，状元及第，并且是副丞相，要学问有学问，论地位有地位，难怪他的同事愤愤不平，那个官吏也确实太"有眼不识泰山"了！但是，吕蒙正一句"一知不若毋知"，这事便就过去了。

"一知不若毋知"，此时此景，吕蒙正如此说，非常有高度，也富有哲理，既显示了为人胸怀，也显示了处世智慧。

由于先天和后天的各种各样原因，人们的思想素质、精神境界、认知能力、性格脾气难免存在差异，有的人看轻、贬低他人，也可以说是一种正常的社会现象。

社会是一个大群体，置身其中，很难说在日常生活中会遇到什么样的人，偶尔被人小看，也不奇怪，假若这时候生气、动怒，再针锋相对地去计较纠缠，也只是出出气，不但降低了自己的身份，还可能激化矛盾，埋下祸根。

吕蒙正"难得糊涂"，连肇事对方的姓名都不想知道，看起来似乎是吃亏、受了委屈，实际避免了矛盾升级；退一步说，即便不打算报复，记住这人的姓名，也必定会种下了心理阴影，不但于事无补，反而给自己带来不愉快。正所谓"忍一时风平浪静，退一步海阔天空"，吕蒙正的处置，其实是最好的选择。

宽厚大度是一种精神境界，是高尚世界观、价值观的标志，越是胸怀大志、越是不计小我的人，才越是宽厚越大度；目光短浅、心胸狭窄、唯我独尊的人肯定不可能具备。

宽厚大度的胸怀，不是天生的，完全是修为而来，而修为的途径，一方面是理论的学习，弘扬先贤精神，继承优秀思想，明事理，识大体，顾大局，脱离低级趣味，纯洁做人品质；另一方面是经受社会生活的历练，一事当前，不计个人名誉地位的损失，严以律己，宽以待人。

"一知不若毋知"，淡然应对蔑视，做宽厚大度的人，吕蒙正的确为世人树立了榜样。

宋庠不贪卮酒

宋庠由宰相贬为扬州知府时，曾经请工匠用砖铺设从堂下到院子门口的路面，完工之后命人取酒一卮（约为四升）送给工匠作为酬劳，后来宋庠发现这酒是公用的，立刻进行赔偿，并且处罚了取酒和管理公用酒的人员。

这是载于《资治通鉴续》中宋庠不贪卮酒的故事。

宋庠，字公序，河南省民权县人，是天圣年间"连中三元"的状元。宋庠是北宋著名文学家，也是朝廷重臣，官至兵部侍郎、同平章事，以司空、郑国公身份退职。

正所谓一滴水折射太阳光辉，宋庠卮酒不贪，是他品质节操的反映。史载宋庠"俭约，不好声色"，是一个节俭朴素不喜奢华的人，而安于低调物质生活的人往往寡欲，不容易误入贪腐歧途。当然，品性俭约的人也并非没有追求，只不过所求境界更高。"读书至老不倦"，是宋庠人生最真实的写照，正因为如此，他才有了做人的大学问，"以文学名擅天下。""近之和气拂然袭人，景文则英采秀发。"也才有了他仕途上的"浮沉自安"。宋庠去世后，宋英宗亲题其碑首为"忠规德范之碑"，足见其才德影响之重。

虽然被贬，但作为知府，宋庠依然还是高官；尽管区区一卮酒，况且还是他人经办的，宋庠"不以恶小而为之"，毫不含糊地当成重大原则问题，坚决不搞"公酒私用"，自觉进行了退赔。

宋庠不贪厄酒，除了彰显道德品质方面的节俭朴素、公私分明、廉洁奉公，还有法纪层面上的教育意义。围绕厄酒事件，《资治通鉴续》特别提到宋庠"尤畏法"，这其中的含义显而易见，敬畏法律才能遵守法律。"自初执政，遇事辄分别是非可否"，虽然着墨不多，一个思维缜密，行事严谨的官员形象已经交代得很清楚。一事当前，首先斟酌对与错、行与否，违法违纪的事是坚决不能干的。"若取一文则一文不值"，厄酒不贪与一文不取，道理是一样的。

既然是公酒，误用不是理由，宋庠照样严肃处理，没有下不为例。除了自己以身作则，立刻予以赔偿，还进一步追究当事者的责任，对有关责任人进行了处罚。这样的处理方式看似无情，实则是对大家的告诫、教育，进一步说，是最真实诚恳的关爱，也是以实际行动倡树廉洁奉公的社会正气。

无须更多提及史书对宋庠文采以及为官公正的记载，清清白白做人，老老实实做官，宋庠不贪厄酒已经为世人树立了一面明亮的镜子，永远值得后人借鉴。

曹彬融情于法

有句话说"法不容情"，其意是强调法律的严肃性，不会因为感情因素而对坏人坏事宽容，但是，这与执法过程中实行人道主义并不矛盾，古往今来，确有很多的执法行为中充满了人情味。北宋时期的官员曹彬，就有融情于法的故事载于史册。

曹彬，字国华，今河北灵寿人，北宋开国名将。

《宋史》记载，曹彬在担任徐州知府的时候，有一个小官吏犯了罪，已经结案完毕，但在一年后才依照法律判决实施杖刑，人们都不知道既决未刑的缘故。曹斌解释说："我听说这个人刚刚新娶了媳妇，如果当即实施杖刑，他的父母一定认为是娶媳妇不吉利，因而动不动打骂她，使她不能生存，所以我把处罚的事延缓了，但是这样也没有违背法律。"

史书记载："彬性仁敬和厚，在朝廷未尝忤旨，亦未尝言人过失。伐二国，秋毫无所取。位兼将相，不以等威自异。"曹彬严以律己，极尽常人所不能为，但却设身处地为他人着想，这一点在延缓对犯罪小官吏执行杖刑上体现得淋漓尽致。他不但考虑到受刑者本身，还能想到其妻子家人；不但考虑到行刑的现实，还能远虑行刑的后果，可谓体贴宽容到了细致入微的程度。

曹彬这样做，并没有徇情渎职。小官吏犯的罪，也不过杖责之罚，可见并不是不立即执行便会继续危害社会的大罪、重罪，况且也没有不了了之，只不过是缓期执行而已。如此，在维护法律严肃性的同时，还维护了一个家庭的和睦，获得了皆大欢喜的圆满效果。

延缓杖罚，说明曹彬颇具处事创新的机谋，还说明他品性的仁厚。当然，这在曹彬生平经历中，并算不得大事。史载曹彬率军讨伐南唐，为了百姓的安全，经常放缓进攻节奏，规劝李煜降服。即将破城之时，曹彬忽然称病不管事，直到诸将按照他的要求焚香发誓"克城之日，不妄杀一人"，"病情"才逐渐好转，最终李煜君臣以及南唐城中百姓赖以保全性命。

体恤小官吏杖罚之后对家庭的影响与顾全一城之人的生命，确实不可同日而语，但本质上都是一样的，那就是仁。

曹彬仕途虽曾有沉浮，但一生为官。作为开国大臣，曹彬南征北战，平服四国，居功至伟，当代以及后世帝王、名士对曹彬赞誉有加："一代元戎，忠贞无疵。""勋业之盛，无与为比。"尤其对曹彬的品性给予极高的评价，"清谦畏谨""忠厚宽和，足师表一世"。一致肯定曹彬"为人仁爱多恕，平数国，未尝妄斩人"，是"仁者之勇夫"。

历史发展到今天，曹彬融情于法的做法依然有可取之处，同样是执法，同样是处事，在没有不良后果的前提下，完全可以更人性化一些，这样做必然对缓解、化解矛盾，促进社会和谐有着积极的影响。但是，作为后人，与其借鉴曹彬执法处事中的人性化、人情味，还不如学习他仁爱宽厚之心有更深刻的意义。

"仁"是古代华夏民族最高的道德原则、道德标准和道德境界，虽然有时代的局限性，但其中蕴含的积极意义不容抹杀，从某种意义上讲，当今社会"为人民服务"的口号，与"仁"的精神内核是一致的。

曹彬虽去，流芳千古。今人应借古鉴今，传承先贤优秀品质，修身养性，熔炼品质。如果每一个社会成员为人处事都多一些仁爱、仁厚、仁恕，是不是我们的社会文明和谐程度就更向前推进了一步？

"张一包"断案如神

我国明代曾有一位断案如神的官员张淳，人送绰号"张一包"。

张淳，字希古，安徽桐城人，隆庆二年中进士。《明史》记载，张淳上任永康知县，永康县一些吏民素来狡猾奸诈，曾连续控告使朝廷罢黜七个县令。张淳到任后，不畏劳苦日夜审阅卷宗，数千人投诉的案件，迅速得到判决，办理之快使吏民大吃一惊、佩服之至，从此诉讼之事逐渐减少。此后，张淳对新的投诉立时公布审判日期，让原告被告按期到堂听审，片刻做出明确断决，毫不拖延，一件诉讼案只用乡民裹好一包饭的时间即可处理完结，因此时人称他为"张一包"，赞扬他断案敏捷公正如同包拯。

张淳不只处理积案快捷，办理久拖未结的疑案也颇有手段。有个名叫卢十八的大盗抢劫官库金银，十多年来一直未能捕获，御史吩咐张淳破案，张淳承诺三月内捕获盗贼，并请御史一月之内下捕盗令数十次。待捕盗令下过多次后，张淳笑着说："强盗早已逃走了，怎么还能捕获。"自此不再提捕盗一事。一个与卢十八有奸情的小吏之妻，将张淳的话告诉了卢十八，卢十八以为自己平安无事了。于是官府就在卢十八去看望小吏之妻喝醉酒之时将其捕获，及至上报御史，才仅仅两个月时间而已。

为了制止乡间诬告，张淳"杀一儆百"，将查无实据的告状人监禁，如此一来，诬告也就没有了。为了制止遗弃女婴的现象，张淳一方面极力劝诫，一方面用自己的俸禄资助无力抚养的人家。为了制止抢劫行为，张淳把一个已判死刑的人处死，张榜公布说此人是抢米罪犯，众人被震慑而畏服。张淳还在离任的时候，依照自己的推理，指导衙役擒获逃犯，当地人都十分惊奇，以为张淳得到了神灵指点。

不惟处理已经发生的案件，张淳还能预见性地防患于未然，防止矛盾激化。张淳在担任浙江副使时，建议抚按将招募来的士兵分别情况，淘汰老弱，留下壮勇，很快平息了喧闹。

《明史》之外，很难搜集到关于张淳的资料，即便《明史》，也只是记载了张淳断案的事迹，似乎在历史长河中，张淳并不是一位特别有建树的封建社会官员。但是，透过这些为数不多的字堆，我们依然可以读出张淳为人处世的品德，使这个古代官员的形象丰满起来。

毫无疑问，张淳颇具才干。能够考中进士，自然是有学问的人，再看他一举收拾好让七届前任败下阵来的烂摊子、两个月完结十余年的积案、假装判处死刑震慑抢劫行为，无不显示张淳能为他人所不能为，具有超凡脱俗的智慧。

张淳事业心非常强，竭力勤政、恪尽职守。正是他到任即"日夜阅案牍"，才有此后的"剖决如流""讼浸减"。其中的甘苦，恐怕只有他本人体会得最为深刻。在升职离任之际，张淳依然很负责任地指导衙役捉拿罪犯，充分说明他具有顾全大局的职业道德。

管中窥豹，我们也能读懂张淳执政为民、以民为本的思想境界。从大的方面说，极尽所能惩恶扬善，维护一方平安，就是张淳对社会、对黎民百姓的贡献，从细节的方面看，针对"永人贫，生女多不举"的社会现实，"淳劝诫备至，贫无力者捐俸量给，全活无数。"如此克己奉公、积德行善，很有爱民如子的父母官味道。

我们常说"先做人后做官"，"德才兼备，以德为先"。张淳之所以成为历史上的贤吏，首先是由于他修为立德、人格高尚。根基正，则一正百正。如果说张淳这面古镜值得今人借鉴，那么首先应该学习他做人的风范，这比学习他的断案技巧更为重要。

田文镜为官不当老好人

田文镜，字抑光，是清朝康熙、雍正时期的大臣。田文镜由一介布衣入仕，经过二十多年担任县丞、知县、知州的历练，而后成为举足轻重的封疆大臣，以铁腕整肃吏治闻名，世人或褒其严，或贬其酷，但二者归结为一，田文镜为官从来不当老好人是不争的事实。

《清史稿》记载，雍正二年，田文镜走马上任河南巡抚后，严厉督促各州县清缴历史积欠税赋，开垦荒田，规定期限完成，如果哪个州县官员松缓懈怠，处置不力，稍微超期，必定受到贬谪。期间田文镜先后弹劾罢免了黄振国的知州和汪诚、邵言纶、关陈等人的知县职务。

虽无刀光剑影，一样森森杀气，田文镜治吏严苛由此略见一斑。

田文镜在河南的作为，绝不是一时的心血来潮，其"以苛刻绳诸员"，既有渊源，又一以贯之。不客气地说，田文镜是靠砸他人饭碗发达起来的。雍正元年，身为侍读学士的田文镜受命祭告华山，回京之后觐见雍正，据实禀报了山西灾情，此举客观上虽有为民请命的意义，但也使得山西巡抚德音被免职，而田文镜受到雍正赏识，当上了山西布政使，自此成为重臣。

官员队伍关系历来盘根错节，田文镜执政拿官吏开刀，无疑是捅"马蜂窝"，反响肯定非同一般。先是直隶总督李绂责备田文镜不应该有意蹂躏读书人，冤抑黄振国、汪諴、邵言纶，放纵劣官张球；后有御史谢济世弹劾田文镜营私负国、贪虐不法、吏治不公。所幸雍正对田文镜深信不疑，反而置李绂于牢狱之灾，将谢济世罢官从军，将黄振国、汪諴处死，将邵言纶、关陈发配边疆。

动辄罢人官，甚至夺人命，这不是严酷又是什么？况且田文镜不仅"肃吏治"，还"严盗课，实仓库，清逋赋，行勘丈，垦荒土，提耗羡"，这些手段面对的是整个社会，包括普通百姓，是不折不扣的治民。不过，就此给田文镜戴上一顶酷吏的帽子，也似有不公。

作为封建社会的官员，所谓报国是与维护朝廷的统治分不开的，说愚忠也好，说勤谨也好，尽皆如此，田文镜也不例外。纵观田文镜的仕途，他唯朝廷利益为重，为皇帝旨意是从，并没有谋求个人私利。史载田文镜行事铁面无私，为官也很清廉，身为封疆大臣，家境依然极为贫寒，子女亲属几乎清一色布衣。再者，田文镜推行摊丁入地，减少了无地贫民的负担。实施养廉银制度，废除规礼，百姓得免加派，无疑是惠民举措。从田文镜施政的效果来看，"吏治为一新"，"境无贼寇。道不拾遗，抑富豪而安贱民，禁衿绅苛虐佃户，皆善政也"。

雍正称赞田文镜："老成历练，才守兼优，自简任督抚以来，府库不亏，仓储充足，察吏安民，惩贪除弊，殚竭心智，不辞劳苦，不避嫌怨，庶务俱举，四境肃然。"肯定田文镜"忠诚体国，公正廉明"，这个评价是公允的。田文镜说自己任劳任怨、鞠躬尽瘁，也并不为过。

人无完人，田文镜的确"苛索严刻"，因此招致怨恨，以至于百年之后被后世的人从河南贤良祠清理了出去。不过，综合来看，田文镜还是一名好官。

田文镜为官的好，就好在不当老好人。

田文镜为官不当老好人，谋大公而无小私，他的守政精神和职业道德，值得世人称许，也值得当今社会的人们借鉴。

余甸缚使者叫板年羹尧

清康熙五十四年八月，在四川江津县发生了一件震惊朝野的大事：知县余甸绑了年羹尧派来的使者。

《清史稿》记载，其时四川巡抚年羹尧用兵西域，借收缴军饷之名，额外加征税赋，先后三次下达公文至江津县，知县余甸皆置之不理。于是年羹尧派使者持公文到江津督办，公文早晨传达，至晚也没有回音，使者怒而哗噪。余甸因此升堂，命令将使者捆绑起来准备杖打，经丞簿再三劝解，余甸才将使者释放。第二天，使者索要公文，余甸说："你回去报告，就说我闭门不出，坐等弹劾，至于公文，我已经托人传至京城了。"而年羹尧居然对此事不了了之。

年羹尧，何许人也？那可曾是权倾一时的封疆大臣，并且还有朝中为官的父亲和哥哥助阵，很多年间，顺其者昌逆其者亡，而余甸只不过是个小小的知县，如此忤逆年羹尧，真是吃了熊心豹子胆。

那么余甸的底气又来自哪里呢？

余甸，字田生，福建福清人。康熙四十五年进士。《清史列传》评价余甸"刚方清简"，"直声震天下。"列余甸为"循吏"，作为清官载入史册。历史上的余甸也确实是一位守政为民的好官。他初入仕途担任江津知县时，"民投牒者，片言立决遣，讼为之简"；担任山东兖宁道时，"釐工剔弊，一祛积习，甚得士民心"；担任按察使的时候，"愍囚不能自衣食，取盐商岁馈三之一以资给之"。为官毕生，余甸始终胸怀拳拳为民之心。"所徵赋即储库，不入私室。""遇当争辩者，侃侃无所挠。主选三年，权要富人请讬多格不行。"以民为本，清廉无私，中直公正，就是余甸最强大的底气。

年羹尧是一位贪虐成性的封建社会官员，《清史稿》言其"凭借权势，无复顾忌，罔作威福，即于覆灭，古圣所诫"。史载雍正铲除年羹尧的九十二款大罪中就包括贪婪罪十八条，侵蚀罪十五条，年羹尧借戍边战事额外征收税赋不是什么意外之事。不过，额外收税并非出师有名，所以余甸理直气壮，敢于拒不执行，还拿公文做证据，准备与年羹尧周旋到底。

"天地之间有秆秤，那秤砣是老百姓。"余甸当官为民做主，是深受百姓拥戴的。余甸拒不纳税，扣押年羹尧使者，老百姓生怕余甸遭到报复，极力请求余甸释放使者，以免丢掉前程和身家性命，切切爱护之情感动了余甸。齐苏勒担任运河总督以后，以治河不力为由弹劾余甸，齐苏勒行经济宁，老百姓聚集万余人呼吁："还我余公！"齐苏勒不得已上奏陈情，雍正皇帝召见余甸，查询事情原委。不但没有治罪，反而提升余甸为山东按察使。正所谓水能载舟也能覆舟，正是老百姓的拥护爱戴，才使得年羹尧听之任之，不敢贸然加害余甸。

余甸缚使者叫板年羹尧，给世人留下很多思考空间。一个封建社会的官员，勇于为民请命，面对强权不唯命是从，精神境界不能不说难能可贵。无论社会怎样发展，这种公而无私的精神，都值得肯定，值得弘扬。

张乖崖一钱毙一命的史鉴意义

宋代罗大经所著的《鹤林玉露》中有一个"一钱毙命"的故事：张乖崖担任崇阳县令时，看见一个小吏从库房出来，头巾下藏着一枚钱，就质问他钱是哪里的，小吏承认是县库里的钱。于是张乖崖命人施以杖责，小吏勃然大怒，说："一枚钱算什么，你竟然打我，你能打我，难道还能杀我吗？"张乖崖提笔判决："一日贪污一枚钱，一千日就是一千枚钱，日子久了，绳锯木断，水滴石穿。"然后亲自提剑斩了这个小吏，并禀报台府请求对自己处罚。

一钱致毙一命，似乎匪夷所思，但这是史实，细细品味，这一事件具有深刻的历史借鉴意义。

因一枚钱即夺一命，是否过分？或者说，这合法吗？当然不合法，其中利害连张乖崖本人也清楚，不然他为什么急急忙忙去台府请罪？接下来事情的发展有意思了——史书并没有记载张乖崖因此受到责罚，反而前程似锦，直到老去也是朝廷倚重、百姓拥戴的官员。

张乖崖本名张咏，山东鄄城人，宋太平兴国间进士，曾任枢密直学士、礼部尚书，是北宋太宗、真宗两朝名臣。"乖则违众，崖不利物，乖崖之名，聊以表德"是张咏在自己画像上的题赞，从此被人称为张乖崖。史载张乖崖刚直不阿，疾恶如仇，且清节自律，宽厚爱民。世评张乖崖"禀尊严之气，凝隐正之量。""刚正自立，智识深远。""以宽得爱，以严得畏，宽而见畏，严而见爱。"

尽管张乖崖一生居功至伟，但他一怒斩小吏，还是初登仕途之时，并没有人庇护，之所以免责，是有原因的。

偷窃一枚钱，招致杖责，这在当时的社会没有什么大不了，可气的是小吏气焰嚣张，拒不认错，忤逆县令，一副死猪不怕开水烫的架势，这样的态度理应从重发落。况且身为小吏，是吃官饷的，如果拒不悔改，诚如张乖崖所言，"一日一钱，千日一千。绳锯木断，水点石穿。"滑向犯罪深渊在所难免。

当然，认罪态度不好可以罪加一等，但也不致死罪，那么更深层次的原因，就要从当时的社会环境来分析了。

罗大经文中透露："盖自五代以来，军卒凌将帅，胥吏凌长官，余风至此时犹未尽除。"

张乖崖一怒斩小吏，虽有过分，但起到了提振朝纲、震慑犯罪、净化社会风气的作用，完全顺民心、合民意，朝廷对他矫枉过正之举网开一面是有道理的。

防微而杜渐，杀一而儆百。故而罗大经说："乖崖此举，非为一钱而设，其意深矣！其事伟矣！"

春秋战国时期，孙武斩杀吴王爱姬，也不过因为这两个女兵队长操练时嬉笑而已，至于吗？至于！不然怎么整肃军纪？张乖崖斩小吏虽不在战时，但其社会意义是相同的。在战乱、疫灾这样的特殊历史时期，"温良恭俭让"适度让位于"乱世用重典"，是审时度势的明智之举，与严格依照法律办事并不矛盾。

张乖崖为官期间，不但正直勤勉，鞠躬尽瘁，而且体恤民意，兴耕织、宽盐贩、平暴乱、断疑案，深得百姓喜爱，这在封建社会，的确是一位好官。一钱毙一命，有其社会原因，这在张乖崖仕途上，瑕不掩瑜，反而成为了历史佳话。

第四辑：读书

苏东坡三抄《汉书》

南宋学者陈鹄所著《耆旧续闻》中有一个苏东坡抄书的故事，读后颇受教益。

一天朋友朱司农登门拜访苏东坡，过了很长时间，苏东坡才出面接见。苏东坡带着歉意说："刚才做了一些每日都要做的功课，没能及时来接待你。"朱司农请教苏东坡他的"日课"是指什么？苏东坡回答说是抄《汉书》。朱司农很有些疑惑，说："先生这样的天才，打开书看一遍，便可以终身不忘，哪里还有必要抄写呢？"苏东坡说："不是这样的。我读《汉书》，至今已经手抄三次。最初一段要抄三个字为标题，以后变为抄两字，而现在只要抄一个字。"朱司农又请教说："不知道先生肯不肯把所抄的书给我看看。"苏东坡命人取来一册书。朱司农看后，并不了解其中的意思。苏东坡说："请你试着列举标题一个字。"朱司农依照他说的做，苏东坡就应声背诵几百个字，并且没有一字差错，一连几次，都是这样。朱司农赞叹说："先生真是神仙下凡啊！"事后，朱司农以苏东坡为读书楷模教育自己的儿子朱新仲，说："苏东坡尚且如此勤奋，我们普通智力的人还有什么理由不勤奋读书？"而朱新仲又以此教育自己的儿子朱辂。

提一字便能应声背诵几百个字，不难看出，苏东坡是把抄书当作读书的方法，通过抄书，强化记忆，不但熟记了文章内容，而且吃透了文章精神。苏东坡把抄书作为"日课"，可见是持之以恒的。此时苏东坡已经成名，尚且如此勤勉刻苦，不难想象，苏东坡一直以来就个非常用功的人，他能够有那么高深的学问，文章独步天下，成为诗、词、文、书、画皆优的旷世文学艺术奇才，与他一贯的严谨学习态度、科学学习方法有着直接的因果关系。

如想求得学问，读书的态度与方法都至关重要，二者密不可分且缺一不可，但是，态度更为关键，如果没有积极的态度作基础，就谈不上科学的学习方法。苏东坡抄书，看起来是读书手段，实际上更反映苏东坡强烈的求知欲望和脚踏实地的思想素养，从一个侧面代表了中国历史文人的优良学风。

很显然，苏东坡三抄《汉书》，完全是出于自觉自愿的行为，并非为了完成外界压力下迫不得已领受的读书任务，更不是为了炫耀文采而做个样子给别人看。精神境界决定行为准则，正是有了博取知识、提升自己的明确目的，苏东坡才会发挥主观能动性，确立读书的正确态度，钻研读书的科学方法，才会孜孜不倦，不断进取，学而有成。

如苏东坡一样，在中华民族文化史册上，有许多刻苦求学的典范：苏秦头悬梁锥刺股、陈平忍辱苦读书、葛洪砍柴买纸抄书、宋濂冒雪求教、万斯同闭门苦读……他们无不历经炼狱般的磨砺，从而最终达到了人生的顶点。

见贤思齐是中华民族文化优秀传统，在《耆旧续闻》中，朱司农也在这方面为我们做出了榜样。实现中华民族伟大复兴，离不开传承先贤优秀的精神品质和宝贵的智慧结晶。当然，我们的读书，未必一定要像苏东坡那样抄书，但是，我们应该学习前贤勤勉刻苦、学而不厌、学无止境的品格，真正解决为什么读、怎样读的问题，力戒浮躁不实、浅尝辄止的学习态度，摒弃流于形式的学习方法，通过读书来获得真才实学。

贾岛一言推敲千年

推敲的佳话脍炙人口，传唱至今已逾千年。

推敲的创始者是唐代诗人贾岛。贾岛参加科举考试时住京城里，一天他骑在驴背上想到了两句诗："鸟宿池边树，僧推月下门。"他觉得"推"字不够完美，想改成"敲"字，可又觉得"推"字也还可以。这样他一会儿觉得用"推"字好，一会儿觉得用"敲"字好，始终定不下来，便在驴背上继续吟诵，并伸手做着推和敲的动作。适逢韩愈带车马出巡，贾岛无意间冲撞了韩愈的仪仗队，被侍从推搡到韩愈的面前。韩愈问明了原因，思考后对贾岛说："我看还是用'敲'好，敲门代表你是一个有礼貌的人，而且一个'敲'字，使夜静更深之时，多了几分声响。而且读起来也响亮些。"贾岛听了点头称赞，采用了韩愈的建议。从此，推敲也成为一个常用词，用来比喻著文或做事精益求精，反复琢磨，反复斟酌。

贾岛是一个勤于推敲的典范，据传曾用几年时间做了一首诗，诗成之后，他热泪横流，为自己付出心血终于写出满意的诗文喜极而泣。贾岛创造了推敲，而后世文人学者推敲之为有过之而无不及。南宋陈鹄著《耆旧续闻》曾记载唐宋八大家中欧阳修与王安石的推敲故事。

欧阳修与王安石均为宋仁宗时期进士、北宋重臣，欧阳修曾任刑部、兵部尚书，王安石曾位居宰相。二人不但是思想家、政治家，而且在文章、诗词方面有很深的造诣，是名垂史册的文学家。

这两位知识渊博的先贤，探讨学问一丝不苟。

一次，欧阳修写诗赞美王安石"翰林风月三千首，吏部文章二百年。"夸奖王安石的诗文有才气。王安石以《奉酬欧阳永叔》作答，自谦说"终身安敢望韩公"。很显然，王安石视诗中"吏部"为韩愈，欧阳修读王安石答诗后说，"介甫错认某意，所用事，乃谢朓为吏部尚书，沈约与之书云'二百年来无此作也'。"又说：如果是韩吏部，那到现在何止二百年。原来，欧阳修"吏部文章二百年"之"吏部"，不是韩吏部，而是指南朝谢吏部。王安石却不认同欧阳修的解读，说："欧公坐读书未博耳。"

欧阳修与王安石的争论，引发了文人墨客的大讨论。有人笑王安石不知沈约之语而误读欧阳修之句。也有人认为王安石指韩愈为"吏部"，并没有错。因为孙樵上韩愈书，即有"二百年来无此文"的称颂之语，王安石说欧阳修读书还不够多是有道理的。

有意思的是，这一文坛轶事流传近千年，至今依然还有人在考究，以"吏部文章二百年"为重点，引经据典，揣测《赠王介甫》《奉酬欧阳永叔》这两首诗的内涵。这个推敲大大超出了当年"推敲"之推敲，或许，当初欧阳修与王安石也没想到会引发如此广范围、长时间的探讨。

无意追问这一历史公案中孰对孰错，只是生出一些感慨：一者，文化的传承离不开严谨、科学的态度，不下苦功，不经磨砺，没有真才实学，不得真知，不止出不来好文章，怕是任你什么事都难得圆满成功，更难到达光辉的顶点。二者，做人一定要夹着尾巴，如同陈鹄在《耆旧续闻》中所说，自己读书还不渊博的时候，读别人的文章，千万不能轻易看低。

学问无止境，读书为根基，推敲是良方。勤于推敲，善于推敲，必有提高，写文章，做学问，为人处世，莫不如此。

罗大经"读书如吃饭"大有深意

宋代进士罗大经在其所著的《鹤林玉露》中有一段话说："读他人好文章，如吃饭。"初读虽无异议，但并没有引起重视，读的遍数多了，渐渐感觉大有深意。

吃饭，是人们生存必备的基本条件，把读书比喻成吃饭，已经道尽读书的重要性。如果说吃饭是人们活在世上的物质基础，那么读书便是铸造、培育、维系一个健康灵魂不可或缺的工程。首先，读书是立身的根本。欧阳修说："立身以立学为本，立学以读书为本。"一个人有什么样的世界观、价值观，如何为人处世，读不读书大不一样。纵观古今中外，只有知识渊博的人才能登高而望远、志大而行健。而愚昧与无知密不可分，不读书不明理，浑浑噩噩在所难免。即便是做一个普通人，很多生存的技能也需要从读书中获得。再者，一个人外在气质是内心修养的客观反映，这种修养很重要的来源途径便是读书，"胸藏文墨怀若谷，腹有诗书气自华。"这道理，恐怕人人都懂。

罗大经说："至于饭，一日不可无，一生吃不厌。"既说明了读书像吃饭一样的重要性，也说明了读书的长期性。客观地说，书是读不完的，从四书五经这样古人遗传的国学精华，到今天的新思维、新领域，书海浩瀚，书山叠嶂，没有人能完全吞得下、啃得完。但是，能立身、不落伍，一些基本的做人道理、处世哲学必须要学，一些新概念、新知识也有必要懂，所以，维持生命的活力，必需吃一辈子饭、读一辈子书。

人们常说："病从口入。"所以吃包括吃饭很有讲究，吃得好是营养，吃得不好便是累赘甚至是祸源。把读书比作吃饭，也告诉我们，怎么样读书也是有学问的。从吃的角度，罗大经说："八珍虽美而易厌。""盖八珍乃奇味；饭乃正味也。"如果说读书是精神大餐，那么精神生活的"八珍奇味"多了去了。声色犬马古已有之，伴随着经济发展和科技进步，现代社会精神生活方式日新月异、花样翻新，但是，无论古今，我都赞成罗大经的观点："饭乃正味"。不否认形形色色精神生活方式的社会影响力，但是没有任何一项活动能抵消、代替读书的作用。更何况有些精神生活方式具有或强或弱娱乐的含义和目的，如果把握不好，甚至可能偏离颐神养性的轨道，把人带到邪路上去。

既然读书不可无、不可停，自然是要多读书了，切莫忘记，多读书还要读好书、会读书。博览群书是对的，开卷有益嘛，不过人的精力有限，只能择要而读。除了立身养性之书必读，还要根据个人物质生活的需要、精神生活的喜好，有目的、有计划选择必需的、优秀的书目来读。至于读书的方法也很重要，一锅好饭吃不得法，也不会充分吸收营养，在这方面先贤创造了很多经验：诸葛亮"观其大略"；陶渊明"会意"读书；苏东坡三抄《汉书》；叶奕绳"粘壁强记"；陈善"入书出书"；郑板桥"求精求当"；欧阳修"计字日诵"；顾炎武"复读、抄读、游戏读"……都值得我们借鉴。

正所谓"梅花香自苦寒来"，与吃饭不同，"书山有路勤为径、学海无涯苦作舟。"读书须勤苦方得正果。

读书如吃饭，情景各不同。我们要弘扬古今贤者多读书、读好书、善读书的优秀品质，把握"正味"，吃好读书这锅饭。要孜孜不倦，学而不厌，如饥似渴从书本中吸取营养，修身养性，增长才智，陶冶情操，为齐家治国平天下源源不断提供精神动力。

孙权劝学

《资治通鉴》中有一则孙权劝学的故事,读来发人深省。

起初,孙权对吕蒙说:"你如今担任要职,负有重大领导责任,必须要学习。"吕蒙托词说军中要做的事很多,没有时间学习。孙权说:"我难道是要你研究儒家经典做博士吗?我只是要你多读一些书,了解历史而已。你说事多,但谁会像我这样忙?我这么忙还坚持经常读书,也自以为得到了很多好处。"于是吕蒙接受孙权的意见,开始勤奋攻读。待到鲁肃经过寻阳时,与吕蒙谈话,非常吃惊地说:"你今天的才干谋略,再不是从前吴郡那里的阿蒙了!"吕蒙说:"士别三日,就当刮目相看,大哥为什么对这个道理明白得这么晚呢!"鲁肃就去拜见吕蒙的母亲,与吕蒙结为好友,然后才分手。

一个简短的故事,原文仅一百五十余字,蕴涵的意义却非常丰富,所涉及的三个人物无不闪烁优秀品质的亮点,尤其在学习态度方面均有值得后人借鉴之处。

先说孙权吧。孙权,字仲谋,浙江杭州富阳人,三国时代孙吴的建立者。孙权劝吕蒙读书意义非凡,孙权对吕蒙说"不可不学",不仅是劝,同时也有训示、爱护、教导的意味。作为一员大将,吕蒙的军中事务繁重是事实,但孙权认为这不足以成为不读书的理由：你管事多，有我多么？我还经常读书呢，而且裨益良多，你有什么理由推辞？孙权以自己榜样的力量说服了吕蒙，真的是"打铁还要自身硬"啊，如果自己都不喜欢读书、没有读书，孙权的劝学便会成为苍白无力的空洞说教。

再说吕蒙，这位三国时期在东吴举足轻重的人物。吕蒙，字子明，安徽阜南吕家岗人，东汉末年名将。吕蒙治军有方，有勇有谋，且胸襟开阔，知人善任，为东吴开疆扩土立下无可替代的汗马功劳，而这一切与其勤奋学习密不可分。在孙权的劝说下，吕蒙领勤补拙、笃志力学，学识精进，以致令鲁肃不得不刮目相看，有关他的读书故事也成为传世成语。吕蒙的好学精神屡屡为历史名士称颂。

故事中的另一个人物鲁肃也非等闲之辈。鲁肃，字子敬，安徽定远人，东汉末年杰出战略家、外交家。鲁肃生性豪爽，仗义疏财，又喜读书、好骑射，是有智有勇之才。在辅佐孙权期间，高瞻远瞩，深谋远虑，是东吴鼎立三国不可或缺的重要柱石。《吴书》说鲁肃"善谈论，能文属辞，思度弘远，有过人之明"。在这个小故事中，我们至少发现鲁肃这位极为有学问的人表现出三点长处：一席谈便知吕蒙今非昔比，可见感知敏锐，见微知著；肯定吕蒙的进步，见贤思齐，而非故步自封、夜郎自大；与吕蒙结友，看重的是吕蒙的品质，这是非常正确的择友观。

孙权劝学，启示多多。一个为人表率再忙也坚持读书，而不是"手电筒专照别人"，一个从善如流，立说立行，折节读书卓有成效；一个见贤思齐。这样的学习态度、读书状态乃至做人处事的准则，都是后人的学习榜样。

任重道远，学海无涯。社会发展了，如今读书学习的环境非常好，我们有什么理由不好好读书、好好学习呢？

读诗为史方为读得透彻

读诗是很惬意的事，如歌如颂般的韵律，高山流水般的畅意，柳暗花明般的明快，曲径通幽般的蕴涵，万马奔腾般的激越……沉浸其中，令人陶醉。

读诗不但陶怡情操、明了事理，而且能让人丰富知识、增长才智。近来读北宋僧人文莹所著的《玉壶清话》，其中两则与读诗有关的逸事耐人寻味。

宋真宗在太清楼请大臣们共赴音乐宴会，席间气氛融洽，谈笑风生。这时真宗忽然问道：这市上卖的酒哪里的最好？内侍说，南仁和的酒不错。真宗马上命令呈上来，赏赐给大臣们饮用。真宗也很喜欢，问酒的价格，内侍如实进行回答。真宗再问身边的大臣，唐朝时的酒价是多少？却没有人能回答，只有丁晋公回答说，唐朝酒价每升三十文。真宗问你怎么知道？晋公回答，我过去读过杜甫的诗，诗中说，早上醒来喝一斗，需要给三百文铜钱。所以知道一升三十文。真宗很高兴，说，杜甫的诗，本身就是当时的史书呀！

其实，不止"甫之诗自可为一时之史"，古代善于读书、读诗为史者大有人在。

王溥是宋乾祐年间进士，著名的史学大家，曾任两代四朝宰相。在王溥良好的家教下，其子王贻孙学而有成，知识渊博，懂得很多深奥的学问。皇上曾经问韩王赵普："既然男尊女卑，那为什么男的跪拜而女的不跪拜呢？"赵普问遍众多有学问的人，却没有人知道的，只有王贻孙回答说："本来古代男女都是跪拜的，但是从则天皇后那时候起，女的才只拜不跪了。"赵普就问："你这么说有什么根据吗？"王贻孙回答说："汉代古诗《上山采蘼芜》里说'长跪问故夫'。可见从前女人也是跪拜的呀！"于是王贻孙获得了博学多识的美誉。

诚然，诗歌是诗人在特定历史时期、特定环境条件下心情与文采的反映，必然有深刻的时代烙印，博览群书包括读过很多诗歌的人，知晓一些战事、政事、民事、风土人情等历史知识和古代故事、懂得一些典故的由来不足为奇，但是，诗歌毕竟不是史书，更不是某单一学科的资料书，凭借读诗，就能对诸如"唐酒价几何""男何以跪而女不跪"这样生僻的问题对答如流，不能不说是很出彩的。丁晋公、王贻孙读诗为史，至少有两点值得称道。其一，能够以诗为史，绝不仅仅是读过，而是熟读熟记。所谓"耳闻则诵，过目不忘"的天才少之又少，之所以能达到平时烂熟于心、用时脱口而出的地步，必定是用过苦功。其二，对诗文的理解非常透彻，不但知其然，而且知其所以然。也就是说，读诗不满足于抑扬顿挫的韵律、华美靓丽的辞藻，而是当成学问去钻研、探究，直至融通诗歌的精髓进而吸收其精神营养。

读诗为史是一种境界，代表了严谨的态度、进取的品德和科学的方法。

古诗是前人智慧的结晶，是中华民族文化的珍品，是历史赐给我们的瑰宝。古人读诗为史，为我们树立了读书学习的榜样。现代社会营造了良好的读书环境，我们应该弘扬先贤潜心涤虑、精益求精的精神，不但多读书、读好书，还要精读、深读，真正把优秀的民族文化遗产继承下来、传扬下去，在文化领域为中华民族的复兴做出贡献。

从宋仁宗组字看方块字的韵味

　　北宋时期曾经发生以王则为领袖的士兵起义。一场战事，杀人越货、忠君报国、里应外合等等各形各色的故事自然少不得。王则得手后一度占城建国，只不过匹夫造反不成大器，最终落得个兵败被俘、肢解处死的下场。这场历时六十五天的战乱，虽说不上惊天动地，倒也有几分惨烈曲折。

　　《通鉴长编纪事本末》《太平治迹统类》《渑水燕谈录》《责备余谈》《宋史纪事本末》《续资治通鉴长编》等史书均对王则兵变有过记载，《三遂平妖传》《醉翁谈录》等文学作品也对王则有妖魔化的描述，总之，这是一次充满血与火的人间祸端。但是，最近读《耆旧续闻》，同一事件，于字里行间却品出了别样的韵味。

　　书中说：庆历七年，贝州卒王则叛，参政文彦博请行，仁宗忻然遣之，且曰："'贝'字加'文'为'败'，卿擒贼必矣。"逾月，以捷报闻，诏拜平章事，改"贝"为"恩"。此与真宗幸澶渊，校尉宋捷迎驾，上喜，以为必破敌，其先兆相类。

　　读罢这段文章，我忽然感觉将那些杀戮的残酷血腥置之脑后了，心中居然生出丝丝淡淡的幽默感。

　　好个可爱的大宋皇帝，真是玩味方块字的高手。既知"贝"字加"文"为"败"，那就该早早派出文彦博破敌，此前的损兵折将岂不均是瞎折腾！改"贝"为"恩"，也还罢了，只因为姓名带"捷"字的人迎驾，就以为胜利在望，不由喜上眉梢，也实属浪漫至极。若照此推理，凡有战事，只要把将领名字改至带有成功、胜利、捷报等等字样也就够了。也亏得仁宗皇帝生在中华，倘若身为洋人，面对那些勾勾弯弯的字母，断不能望文生义，还不得活活憋死？

其实，这么说不过是调侃而已，大宋皇帝只不过让我们领略了方块字分解组合的韵味。

方块字也即汉字，首创于六千年前，自甲骨文始演变至今，历经声、形、象、数、理五个阶段，大致分象形、形声、会意等几种类型。方块字的构造多与形、声、意有关，可以说每一个字都有独特的来历或者故事，又有一字多音、一字多意、一意多字的特点；倘改变偏旁部首的组合，即能生出新的寓意，可以说奥秘无穷、韵味无限。

我的一位同学，在组字解字方面很是得心应手，常常就一个字的笔画增减演绎出一串故事，有时候，你随便举出一个汉字，同学便能娓娓道来，而且让人听得口服心服。比方最近我给他举出"和"字，他应声而言："很简单啊，和，禾与口的组合。禾者，庄稼，粮食，民以食为天，人们生存的基础；口者，有口能言，畅所欲言。一个和字，包括了物质、精神两个方面的富有，自然心平气和、文明和谐都在其中了。"甚至还引申到社会主义核心价值观、一带一路、民族复兴的中国梦……

受这位同学影响，也是出于喜好，我也渐渐对方块字分解组合产生了兴趣，并运用到文章写作中。

一个淫雨霏霏的秋日，由于怀念母亲，心中忽生悲凉，于是写下了《秋天的心情》一篇短文，其间借用了方块字组合的方法：秋天的心情，是啊，秋之心，很显然是个愁字。看来怪不得我感情脆弱，秋风秋雨让人愁啊。老祖宗造字是有根据的，想必绝不是单纯因了天气，一定是总结了当时的世道人情。秋天让人愁，愁什么？当然是愁秋了。这秋字分开是禾与火，禾自然是庄稼，是收成，是粮食，火的蕴意就更明了，民以食为天，无论粮食还是薪火，都关系国计民生。倘若秋天多阴雨，即将成熟的庄稼也会霉变、也会腐烂，这样的事情能不让人操心让人发愁吗……

当然，我们的生活充满阳光，精神世界需要多一些正能量，方块字的分解组合也应坚持这样的原则。最近，我在写安全行车的文章中，也曾借用老同学解字的故事，提倡开车不要与人争锋比快。老同学的外甥小刚，天资聪明，只是性格过于内向，外人眼里有些木讷。大学毕业后，报考过一些事业单位工作岗位，可是面试之后却无一录取，不得已进了企业。小刚看同学们有的成了公务员，有的进了海关、银行，都是很体面的工作，唯独自己在工厂里混饭吃，既辛苦又没面子，见了同学、熟人也抬不起头。思前想后，小刚饭不香、睡不宁，精神状态越来越差。老同学告诉小刚，你知道这个比字是什么？比字就是两把匕首，也可以看成双刃剑，比得好长志气，知难而进，越战越勇；比得不好会丧气、怄气，消耗斗志，如你这样跟人家比地位、比待遇，越比越丧气，就是让比的匕首伤了自己，倒不如不去和别人攀比，自己安安稳稳从眼前的岗位做起，凭你的聪明能干，总能闯出一片天地。听舅舅这么说，小刚豁然开朗，放下了精神包袱，工作干得很出色，工厂领导层看小刚有文化又肯干，便派他外出学习新技术，后来便提拔为技术员，逐渐成为企业的骨干。

方块字是华夏先贤智慧的结晶，是中华民族宝贵的文化遗产，历经沧桑却青春永驻。方块字不但形体美观，而且内涵丰富，你若学习，她便是知识的海洋；你若运用，她便是华美的篇章；你若徜徉，她便是无垠的乐园……短短一篇小文，道不尽方块字的奥妙；简单的分解组合，只不过略略从一个侧面感悟到方块字的韵味。

魅力方块字，中国人的骄傲！

赵匡胤敬畏史书

明代进士郑瑄所著《昨非庵日纂》中有一段赵匡胤敬畏史书的记载。

一天，赵匡胤退朝之后低着头闷闷不乐，过了许久，身旁的太监王继恩问他怎么了。赵匡胤说："今天早朝时，我在前殿指挥，没想到出现了失误，史官一定会把这件事写进史书，因此不开心。"又一天，赵匡胤在后花园用弹弓打鸟，有大臣在殿外跪叩，说有要紧的事，赵匡胤急忙出去接见，等听完奏禀，原来是很平常的事。赵匡胤说："这就是所谓的急事吗？"这个官员说："这事总比打鸟要紧得多。"赵匡胤大怒，命人用斧柄击打这个官员的嘴，以至于敲落两颗牙。这个官员趴在地上找到牙齿揣进怀里，赵匡胤生气地问："你难道想拿着这两颗牙齿作为物证去告我吗？"官员说："臣下哪里有胆量去告皇上，这件事自然有史官写进史书。"赵匡胤闻听，顿时怒气消散，赐给这个官员钱财锦帛，让他回去休养将息。

两件事说明这样一个事实：赵匡胤害怕自己的失误被写进史书。如果再进一步梳理，我们就会明白这段文字的含义。

赵匡胤深知史书的重要性。史书是对社会发展史的文字记载，史书是一种文化，但其存在意义远远超出了文化的范畴，尽管它是对国家、民族某些特定历史时期社会现状的记述，影响力却必定源远流长。从某种程度上说，重视史书就是重视国之兴衰、族之兴亡。我国古代深明大义的贤者，为了史书付出了心血，孔子著《春秋》以"拨乱世反之正"；司马迁写《史记》以"述往事，思来者"；唐代修史大家刘知几称修史是"国家之载道""有国有家者，岂可缺之载。"

作为宋代开国皇帝，赵匡胤有足够的智力懂得史书的重要性，也知道自己一些表现将被写进史书，他更希望青史留名，给世人、后人留下一个明君的形象。很显然，指挥失误的无能表现，对大臣的暴虐行为，他是不愿意载入史册的，因此，敬畏史书，是赵匡胤本能的反应。

尽管不情愿，赵匡胤指挥失误和敲掉大臣牙齿的事还是公之于众、传之后世了，不过，这并不影响我们总体上客观评价这位皇帝的历史功过。皇帝也是人，失误、错误在所难免。单就郑瑄文章所提到这两件事而言，赵匡胤已经表现出了他的自责，尤其后一件事，不但中止了暴虐行为，而且还采取了补救措施，让我们感觉他并不是固执己见在错误的道路上越走越远的人。

史书是书写了的历史，但历史并不仅仅存在于史书，很多在人们心目中世代相传的精神影响力，便是无形的史书。

历史是公平的，之所以公平，并非一段史书便能盖棺定论，而是经过人民大众的广泛检验和时间的长期检验。

每一个人的人生轨迹都是他的历史，留给后人的形象，不在于怎么说、怎么写，只在于怎么做。赵匡胤敬畏史书的故事告诉我们，只有对自己行为负责的人，才能书写出靓丽的人生篇章，包括能够反思自己的错误而且知错能改。

为文必要悟入处

几十年前教文学课的老师说："写作的功夫在门外。"写文章嘛，需要生活的沉淀与知识的积累，所以我认为老师所言不差，只是当时没有什么写作的欲望，也没有写作的体会，这话也就一个耳朵听一个耳朵冒了。

近来读陈鹄所著《耆旧续闻》，其中有段话说："吕紫微居仁尝云，大凡为文，必要悟入处，悟入处必自工夫中来，非侥幸可得也。如老苏之于文，鲁直之于诗，盖尽此理。"一下又想起了当年老师的"功夫说"，联想到近些年写作的一些事，不由生出一些感触。

古文中，工夫也可等同功夫，故吕紫微的观点，简言之，就是写文章要得窍，而窍是功夫中来的，没有什么捷径可走，包括苏洵、黄庭坚这样的文豪也是如此。可见，功夫是写好文章的必备条件。

说起来，业有专攻，各有功夫，比如书法，虽然见仁见智技巧百端，但书法大家的功夫也并非与生俱来，均不外先专攻一体，继而博采众长，直至脱胎换骨、形成自己的风格，如此三大步层层推进，纵是天才也很难绕过练习走路而直接奔跑。

事法一理，诚如吕紫微所说，写文章的功夫也"非侥幸可得"。那么写文章的功夫从何而来？我以为重在三点，一是读，二是思，三是练。

读书是写作的基础。当然，读书不仅仅为了写作，但读书确实与写作有着必然的联系，我们很难想象一个没有文化知识的人能够写出好的文章。古代先贤深谙其中的道理，所以，在中华民族文化史中，众多先贤研究读书的著述，作为优秀文化遗产被继承；众多先贤刻苦读书的佳话，作为世人榜样被代代传颂。

读书要多。"读书破万卷，下笔如有神。""熟读唐诗三百首，不会作诗也会吟。"这些脍炙人口的名言警句，道尽博览群书对写文章的裨益。读书是一个学习和储备知识、技巧、语汇的过程，读书越多储备越丰厚，一旦需要，新颖的立意、合理的结构、恰当的词句，会立刻在脑海闪现出来，不至于出现"书到用时方恨少"窘态。有的人写文章常常用词不当、用词重复，很显然是读书少造成的先天不足。

读书仅仅是多还不够，还要精读、深读，同时注重质和量两个方面。朱熹强调读书一定要专心致志，"读书有三到，谓心到，眼到，口到。"还说，"读书百遍、其义自见。"苏东坡不仅三抄《汉书》，还抄《史记》等巨著。文豪们之所以文采斐然，之所以"得窍"，与肯下功夫读书有绝对的关系。当年我的老师也曾教导说，读书要做眉批、笔记，好的章节、段落要背诵，而后事实证明老师的说法很有道理。

读书也要讲求方法，做到巧读。古人总结了很多的读书经验。孔子有"学思结合法"，说只学习不思考就会迷惑，只思考不学习就会精神疲倦。子思有"五之法"，倡导博学、审问、慎思、明辨、笃行。王充有"古今法"，说："知古不知今就会迂腐、落伍，知今不知古就不能明辨事理。"韩愈有"提要钩玄法"，旨在抓要点，明主旨，以便直探本源，提取精粹。陶渊明有"不求甚解"法，主张读书要抓住重点，去繁就简……读书用功又得法，不仅能解其"形"，更能得其"神"，所吸取的精神营养对写作很有帮助。

读书是写作功夫的基础，但是，单纯的读并不能代替写，所以写作的功夫，还应该包括多思、多练。

文章的写作技巧与思想高度，是作者精神世界本质的反映，一篇好的文章，必然是优秀思想的结晶。勤于、善于独立思考，不但能够接收、消化、吸收他人的知识，从纵、横、综合多个方面拓展、扩大知识积累，还能挖掘精神潜力，淋漓发挥自己的聪明才智，从生活沉淀和社会感知中提炼出属于自己的思想，以创造性的思维写出被他人和社会认可、真正称得上是创作的文章。反言之，懒得动脑子思考，仅仅是"比葫芦画瓢"，写出来的文章也不过是老生常谈，甚至"瓢"也画不好，出现一些低级的缺点、错误，更无新意可言。

庖丁解牛，熟能生巧，巧便得窍，写文章也是如此，而熟是由多累积来的。文章也不过是汉字的堆来码去，常用的汉子也就那么几千，写的多了，就会逐渐谙熟写作的规律，掌握基本功，进而在文章立意、开篇布局、词汇运用、感情抒发、思想表达等诸多方面，体悟出经验教训，发现问题、纠正问题、提高质量。功夫靠的就是"曲不离口，拳不离手"，没有什么人生来就能笔下生花。

归根结底，写文章得窍的功夫，来源于知识的积累、独立的思考和实践的磨砺，并不在于下笔的那一时一刻，从这个意义上讲，说"写作的功夫在门外"，是完全正确的。而获得这门功夫，"非侥幸可得"，唯有一步一个脚印地多读、多思、多练。

隋文帝重视端正文风

隋文帝，隋朝开国皇帝杨坚，陕西省华阴市人。在位二十四年间，隋文帝统一中国，结束了魏晋南北朝三百六十余年战乱不断、民不聊生的动荡局面，其后励精图治，实行改革。在政治领域，隋文帝针对国情修订刑律和制度，在中央实行三省六部制，将地方的州、郡、县三级制改为州、县两级制，强化了中央集权。在经济方面，通过减税以减轻人民负担，促进农业生产发展。此外，隋文帝还对周边各族采取军事上的防御和政治上的招抚政策，有效地处理了民族矛盾，创造了中国农耕文明的辉煌时期。

这样一位政绩卓著的开明皇帝，在历史资料、文学作品中并没有被大书特书，甚至不能与唐宗宋祖、成吉思汗相提并论，学术界有一种隋文帝被低估的说法，可能有一定道理。

《资治通鉴》中，有一段隋文帝重视端正文风的文字，从中，我们可以看出隋文帝破除因循守旧观念，善于从实际出发，勇于创新改革，从而带动社会风气好转，推动经济发展。

《资治通鉴》记载："隋主不喜词华，诏天下公私文翰并宜实录。泗州刺史司马幼之文表华艳，付所司治罪。"瞧瞧，隋文帝端正文风不是说说而已，而是动真格的。我已经诏令天下公私文书都要写得符合实际情况，明确表示讨厌文章华而不实，你这个马幼之居然置若罔闻、我行我素，奏表还是那么浮华艳丽，岂能不把你交付有关部门治罪？

因为奏表华而不实而获罪，听起来似乎有些严苛，但是，分析当时的社会背景，不用重典，已经很难纠正积重难返的浮华文风，而这种积弊的危害，通过治书侍御史李谔上书皇帝的奏章也可略知一二。

李谔说，从曹魏到南北朝，轻薄浮华的文风愈演愈烈，文章追求雕琢词句的小技，讲究新奇巧妙，连篇累牍的月升露落、风起云飘，无关世事利弊、百姓疾苦，忽略治国理民的大道。更可怕的是还据此选拔官吏，使这种浮华文风成为获取功名利禄的渠道，因而社会风气日趋扭曲，无论乡村孩童还是王公子弟，不首先学习实用知识，而首先学习五言诗，不再研读传统文化，把虚诞放纵当作洒脱高雅，把缘情体物当作功勋劳绩，把有德的贤儒看作古朴迂腐之人，把工于辞赋之士当成君子大人。所以文笔日益繁盛，而政治日益动乱。

李谔两次上书，陈述浮华文风的危害，请求朝廷调查惩治那些以浮华文藻炫耀功绩、谋求官位的无良之徒，以矫正社会风气。李谔的建议得到了隋文帝的首肯，诏令将李谔前后奏章颁布天下。

如此大张旗鼓地对浮华文风进行讨伐，隋文帝首开历史先河，这也算得上是创举。古人深知文风是社会风气的晴雨表，风清则气正，气正则事兴，"出言陈辞，身之得失，国之安危"。历史上也曾有过如西汉那样风清气正的时期，但用令法来端正文风，隋文帝当属一枝独秀。

隋文帝创造历史，与他重视端正文风息息相关。文风端正了，"绣花枕头"自然没了市场，浮夸之举定当收敛，而治国之策更接地气，老百姓更得实惠，国家也更趋稳定富强。

　　作为皇帝，隋文帝端正文风，关系到治国安邦，而普通世人，如果文风不正，沉醉于玩弄辞藻，很难拥有真才实学，极有可能成为庸才，倘若守政，也就有可能贻误政事，甚至祸国殃民。从这个意义上讲，隋文帝端正文风，也起到了教育人、挽救人的作用。

　　诚然，无论怎么开明，隋文帝是一位封建社会的帝王，必然有其历史的局限性，所以，再怎么卓越，也不可能完美。但是，他端正文风的初心与举措，至今依然有借鉴意义。

读书破万卷，断案如有神

《宋史》中有程颢断案的小故事，案件虽然不凶险，但是看到程颢从容破解谜团，忍不住为程颢渊博的知识折服。

程颢考中进士后奉调户县主簿。户县有个人借住哥哥的房子居住，在地下发现了藏匿的钱币，哥哥的儿子上诉说："这是我父亲藏的。"程颢问："是哪一年藏的？"回答说："四十年了。""那他们什么时候借住的呢？"回答说："二十年了。"程颢派人拿来十千钱仔细观察，对上诉的人说："如今官府所铸的钱，不超过五六年就已经流通至天下各地，这都是没有埋藏前数十年所铸的钱，为什么呢？"上诉的人不能回答出这个道理。

显然，真正的埋藏时间比四十年还早几十年，所谓埋藏四十年与事实不符，上诉没有道理。

程颢担任晋城县令时，富户张氏的父亲死了，清早有一年迈的老人到他的门前说："我就是你父亲。"那个人的儿子惊疑不已，不知所措，同他一起诉到晋城县衙。老人说："我是医生，远出为别人治病，妻子生了儿子，因为贫穷不能抚养，就送给了张家。"程颢对他们进行讯问验证。老人取出怀中的一封书信呈上，信上记载说："某年，某月，某日，抱儿子送给了张三翁家里。"程颢问："张三当时才四十岁，哪有称他为翁的道理呢？"

老人很是吃惊，只得很尴尬地道歉而走。

称谓不合常理，书信是假的，事情自然败露。

无须访问调查，不用人证物证，仅凭进行逻辑推理，便轻而易举了结案件，这看起来是智慧，实际上是程颢丰厚知识积累的一次显示，说明程颢是知识渊博的饱学之士。

程颢，字伯淳，湖北黄陂人，北宋嘉祐年间进士，曾任御史等职。程颢资性过人，饱读诗书，是史上著名的哲学家、教育家、诗人，中国理学的奠基者。

程颢天性柔善，为官公正、率直，非常注意体察民情，体谅百姓疾苦，积极推行教育，倡导孝、悌、忠、信，表彰善行，惩戒恶行，老百姓爱戴他就像爱戴父母一样。

虽然为官多年，但是程颢更以博学多才闻名于世，连皇帝也对他刮目相看。《宋史》记载，宋神宗多次召见他，每次退出的时候，必定对他说："经常征求对策，很想常常看见你。"一天中午，宋神宗登门造访，程颢急速出来迎接，顾不得吃午饭，君臣交谈很长时间后，神宗对他说："我应当把你的话作为对自己的告诫。"

程颢对学问的研究达到极高的境界，《宋史》称"教人自致知至于知止，诚意至于平天下，洒扫应对至于穷理尽性，循循有序。""知止"，自然是高得不能再高，"平天下"，无疑是大学问，"穷理尽性"，显然是"穷究真理，纯洁性情"，这是非常高的评价。程颢与其弟程颐世称"二程"，共同开创理学先河，对丰富中华民族思想理论宝库做出了无人可以替代的贡献。

像程颢这么有学问的人，不知道读过多少书，当然熟知史籍，通晓古今，至于风土人情、民俗礼节等等这些基本常识，更不在话下，那些市侩小人的蒙骗把戏，哪能逃得过他的法眼？

唐朝诗人杜甫曾经说过："读书破万卷，下笔如有神。"用到程颢这里，也可以说"读书破万卷，断案如有神"。

其实，岂止是下笔，岂止是断案，喜读书、多读书、善读书，必定会吸收他人的精神营养，以丰厚的理论知识奠基，提升自己的精神境界，激发创新思维，开拓为人处世的大智慧，如此，无论在任何领域、做什么样的事情，力不从心的情况肯定就会少很多，甚至不会发生。

程颢留给后人的精神遗产非常宝贵，从程颢断案悟到提高读书的自觉性，也算没有白白读史。

钱思公"三上"读书

欧阳修所著的《归田录》中记载了钱思公刻苦读书的逸事。

钱思公虽然出生在富贵之家，但是没有什么不良嗜好。在西京洛阳他曾经告诉官员下属说，一生只喜欢读书，坐着的时候就读经史，躺在床上就读小说，上厕所的时候就读短小的诗词、小令，从来没有半刻放下书的时候。还曾对谢希深说："我平生所写的文章，多是在'三上'，就是马背上、枕头上、厕座上，因为这样可以精力集中思绪清晰吧。"

这就是青史留名的"三上"读书典故由来。

钱思公，本名钱惟演，字希圣，钱思公是他的号，浙江杭州人，先后任职北宋右神武将军、太仆少卿、命直秘阁，工部尚书、兵部尚书、枢密使、崇信节度使。钱思公一生奔波仕途，然沉沉浮浮、政绩平平，其人品官声虽不足称道，但却敏思好学，厚遇文士，留有传世佳话。

钱思公博学多才，善写文章，在文学创作上颇有建树，著作有《典懿集》《枢庭拥旄前后集》《伊川汉上集》《金坡遗事》《飞白书叙录》《逢辰录》《奉藩书事》《传芳集》等，遗憾的是多已失传，仅有《家王故事》《金坡遗事》尚存。

显然，没有渊博的学识，钱思公不可能会有那么多的精神产品。

"坐则读经史，卧则读小说，上厕则阅小辞"，其他时间自不必赘言，"未尝顷刻释卷"也完全可信。撇开其人从政的是非不论，钱思公的勤奋好学精神，无疑是世人的榜样。

在中华民族历史上，古人刻苦读书的事例多不胜举，这种精神作为优秀的思想结晶也被传承下来。

勤于读书，当然是有内在的积极性。"钱思公官兼将相，阶、勋、品皆第一。自云：'平生不足者，不得于黄纸书名。'每以为恨也。"追求名誉、地位的强烈欲望，使得钱思公苦读不止。

现代社会，市场经济的发展，促使人们的生活节奏更快，时间观念也更强，但是，这不应该成为忽略读书、放松读书的理由。相反，快节奏的生活更具有挑战性，对人们的道德品质、智慧能力提出了更高的要求，多读书、读好书、善读书、把书读好，成为时代需要，无论什么年龄，无论什么身份，读书依然是精神生活的基本需要。

封建社会的官吏、文人，尚且能够读书"三上"，作为新社会的主人翁，作为中华民族伟大复兴的担当者，还有什么理由不刻苦读书呢？

童华辩一字而惠万民

《清史稿》中载有一桩童华辩一字而惠万民的逸事。

童华赴苏州上任，恰逢朝廷要求江苏清查康熙五十一年以来亏欠的一千二百余万两赋税，巡抚督查急迫，每天都在捉拿有关人员，面对如此情况，童华再三请求宽限。

对于童华的固执请求，巡抚愤怒地说："你胆敢违背皇上旨意吗？"童华回答说："童华不是违背旨意，而是遵从旨意。朝廷知道江苏有历史积欠，没有命令严厉追查，而是命令予以清查，为的就是查清事实，明白原委。历史积欠的原因，有的在于官府，有的在于办事的人，有的在于百姓；有的应征收，有的应免除，在调查清楚之后，上奏朝廷裁断，才符合诏书旨意。现在奉命行事的官员不认真考虑旨意要求，以为朝廷是立清十五年积欠，这是暴征，不是清查。现在我请求宽限三个月时间，调查结束后分门别类清楚明白地上报情况。"

巡抚听从了童华的请求，悉数释放关押在监狱里的一千多人，将清查情况顺序造册上奏朝廷。朝廷也听说江南原先的清查行为有不妥，下达诏书予以痛责，就如童华说的一样。

清查与追查，一字之差，态度、手段及后果却天壤之别。一个是追逼索要、兴师问罪以致缉捕投狱，闹得鸡犬不宁；一个是寻根问由查清事实，区别情况登记造册。童华据理力争，真可谓明辨一字而惠及万民。

童华当然是有学问的人，但是，与其说童华因为有文化而抠字眼、辩一字，倒不如说他是爱民殷切，不惧顶头上司的灼灼逼人，不掩饰前任官员的渎职，这种勇气无关文化水平，关键是他公正廉明，有爱民如子的胸怀。

童华，字心朴，浙江山阴人，他的生平经历除《清史稿》之外，并没有更多史料记载。虽然名声不够大，然而，在《清史稿》中，作者赵尔巽把童华列入"循吏"一族，也就是说，在世人眼里，童华是奉公守法的清官、好官，他的好，集中体现在一心一意为百姓办实事方面。

初登仕途，童华受命到直隶检察赈灾事宜，他查知乐亭、卢龙两县上报饥荒人口有误，便据实增加了一倍数额。童华任职平山知县，当地闹灾荒，不等朝廷答复，他就开仓拿出七千石粮食借给百姓。奉命治理京南局水利时，童华勘探泉水，疏浚水渠，灌溉田地，开垦三百余顷田地，还按照水位高低放水，平息争水事端。童华曾请求朝廷发放钱款购买北方稻谷运到通仓，方便老百姓用得到的钱买黍米作为食物。任苏州知府时，童华拒绝浙江总督李卫无凭抓人。代理肃州知府时，辅佐经略鄂尔泰办理屯田，凿通五座山，引来渠水灌溉万顷粮田……桩桩件件，童华所为都是惠民的好事、实事。

寒无疑问，作为封建社会的政府官员，完全站在老百姓的立场上是有风险的。童华因为擅自开仓贷民，便被"部议免官"；因为得罪李卫，被雍正"责以沽名干誉"；因为忤逆巡抚，便"被劾罢官"，可贵的是童华爱民之心矢志不渝，不惧"屡起屡蹶"。

童华晚年听信方士之言，喜好长生炼丹，受到弹劾罢官，这或许是他人生的败笔，但纵观其一生，还是瑕不掩瑜。童华的刚直不阿，守政为民，无愧于"循吏"的历史评价；辩一字而惠万民，也算得上是童华爱民篇章的经典之作。

杨万里一字尊师

罗大经所著的《鹤林玉露》中，有个杨万里一字之师的故事。

杨万里，字廷秀，江西省吉水县人，南宋大臣，著名文学家、爱国诗人，与陆游、尤袤、范成大并称"南宋四大家"，因宋光宗曾为其亲书"诚斋"二字，故学者称其为"诚斋先生"。

《鹤林玉露》记载，一次杨万里在官署与同僚谈话，其间说到晋代的于宝，有一个下级官吏提醒说："是干宝，而不是于宝。"杨万里问道，"你有什么依据呀？"官吏取过标有读音的韵书呈上来，书中干字下有注解："晋有干宝。"杨万里非常高兴，说："你是我的一字之师。"

读罢这段历史逸事，崇敬之情油然而生。

杨万里是南宋进士，也是高宗、孝宗、光宗、宁宗四朝元老，自然学富五车才高八斗，并有诗作四千余首传世，被誉为一代诗宗。就是这样一位饱学之士，却为一字勘误感到喜悦，将一个小官吏奉为一字之师，这种严谨的求学态度和虚怀若谷的胸怀，令人肃然起敬。

不就是一个字吗，难道那么重要？的确，如何对待一字之差，能够看到一个人的文化素养和为人处世的精神境界。

我在部队和地方工作的数年间，没少和文字工作打交道，期间也看到了有的人对一字之差不以为然。有位领导干部读讲话稿的时候，把推荐读作推存，我提醒他应该读推荐，他说，"我知道，推存就是推荐的意思，一个样。"真是让人啼笑皆非。还有一位领导干部讲话把昼夜值班读为尽夜值班，后来他得知是闹了笑话，还埋怨起草讲话稿的人用字难读，更是令人无语。

倘若普通文章中偶有词不达意、错别字，或许无关紧要，至多生出一些笑料，但有些文稿绝对容不得如此失误。

《续资治通鉴》记载，翰林学士、户部郎中、知制诰杨亿一次草拟告契丹文书，其中有"邻壤交欢"字样，宋真宗在一旁作注，写了"朽壤""鼠壤""粪壤"等，以示疑义。杨亿看到之后立刻将"邻壤"修改为"邻境"。很显然，"壤"是不确切的，这么重要的公文，一字不妥即是重大失误。第二天杨亿便以自己不称职为由请求罢官，虽然宋真宗没有同意他的请辞并给予抚慰，但杨亿的诚惶诚恐可想而知。

泱泱大国的对外文书，直接关系到国家形象，绝不仅仅代表文字水平高低那么简单。当然，不只是国书，类似法律、命令、规定、公告、通知、布告等等一些权力机关的文书，民间的合同、合约、协议、告示、启事、证据、信函等等文书，都是一字不能错的，否则，轻者不合规范贻笑大方，重者可能导致无可挽回的损失。

即便是普通文章、讲话稿、书信，也不是错一个字无所谓，尤其关键字，更是错不得。几十年前我在政府办公室工作，一次晚上和大家加班加点，直到深夜才完成第二天政府工作会议所用的一份领导讲话稿，等到装订完毕，突然发现讲话稿中漏掉一个"不"字。有没有不字，意义是截然相反的。没办法，只好连夜重新打印漏字的那一页、然后重新油印、装订。

文稿中出现错字、别字、不恰当的字，一个重要的原因是文化素养不高，肚子里没有多少"存货"，为能力所制约，不懂得用什么字、词表达更合适，以至于词不达意，"书到用时方恨少"，大约就是这个状况。另外一个常见的原因，是粗心大意，毛手毛脚，马马虎虎，起草文稿没有逐字逐句精雕细琢，又不善于反复推敲悉心修改，等到"生米做成熟饭"，才发觉出了纰漏。

杨万里一字尊师，初看是学风问题，严谨务实，谦虚好学；但进而思考，一字尊师不仅仅关乎学风，更是杨万里为人处世思想境界的标志。

历史上的杨万里不但是大名鼎鼎的学者，还是一位公而无私、忧国爱民的官员。杨万里的诗篇中充满爱国忧时情怀；所著《千虑策》针砭时弊、悉心建言献策；任奉新县知县时，下令全部放还牢里交不起租税的百姓；在朝廷为臣时，忠告孝宗戒贪吏、施廉吏；要求光宗爱护人才、疏远奸佞；抗章张拭不当去位，力挺抗金名相张浚，即便影响到自己仕途也在所不辞。

襟怀坦荡，中直无私，具备这样的高风亮节，杨万里有一字尊师的胸怀，也就没什么奇怪的了。

以先贤为镜，对照杨万里，那些动辄"半瓶子逛荡""文人相轻"者，是不是应该无地自容？

第五辑：治家

茅容杀鸡不为待客

东汉时期名士郭泰善于识别人的贤愚善恶，并且乐于奖励和教导读书人。有一个人叫作茅容，四十余岁的时候在田野中耕作，忽然天降大雨，同伴们纷纷到树底下避雨，大家都随意席地而坐，只有茅容正襟危坐，非常恭敬。郭泰恰巧路过，看到茅容与众不同很是惊诧，因而向茅容请求借宿以便进一步观察。第二天，茅容杀掉一只鸡作为食品，郭泰以为是为招待自己的，却发现茅容分了半只鸡侍奉母亲，将其余半只鸡收藏在阁橱里留给母亲日后食用，自己用粗劣的蔬菜和客人一同吃饭。郭泰非常感动，对茅容说："你的贤良超过了普通人。我有时还减少对父母亲的供养来款待客人，而你却能做到这样，真是我的好友。"于是郭泰起身向茅容作揖，劝他读书学习。在郭泰帮助下，茅容最终成为很有德行的人。

茅容之所以被郭泰提携，司马光之所以把这件事写进《资治通鉴》，就是在于茅容非同一般的孝行。中华民族崇尚孝道，提倡百善孝为先，茅容以自己的行动做了很好的诠释。

对茅容来说，郭泰这样有名望的人住进自己家里是一种荣幸，招待好一些也在情理之中，所以看到茅容杀鸡，郭泰以为是为了招待自己，但真正的结局是茅容杀鸡孝顺母亲。招待尊贵的客人是善，孝敬母亲也是善，但善与善不同，茅容的善更让人敬重。

　　行孝、尽孝是一个老话题。国人眼里，孝顺与否是衡量一个人道德品质高低的基本标准，人们常说"不孝顺的人不能做朋友"，足见社会生活中人们对孝道的重视。在华夏历史上，孝行故事多不胜举：黄香温席、张良拾鞋、子路借米、王祥卧冰等，世代流传，蜚声中外，成为中华民族优秀文化和道德传统不可或缺的组成部分。

　　历史发展到今天，行孝依然是社会生活中非常重要的事情。社会的和谐是以家庭和谐作基础的，而存在不孝行为的家庭便毫无和谐可言。我们在看到文明进步的同时，必须对新时期的不孝现象予以高度重视。

　　作为两千年前的古人，茅容深懂并且身体力行孝道，为世人做出了榜样。随着社会的发展，后人理应比茅容做得更好，方能体现社会的文明进步。况且，父母是最亲的人，养育之恩无他人企及，有高堂在世可以侍奉方是人生最大的幸福，及至"子欲养而亲不在"，后悔也来不及了。

夫妻如酒细细酿

南宋进士罗大经所著的《鹤林玉露》中有一个主人劝解仆人夫妻和睦的故事。故事说，从前有一个仆人嫌弃妻子长得不漂亮，主人听说之后，把仆人叫来，把酒分别倒在银杯和瓦碗中让他喝下去，然后问仆人："酒好不好？"仆人回答："好。"主人又问："用银杯盛的好还是用瓦碗盛的好？"仆人说："都好。"主人说："杯子有精致和粗糙的区别，但酒是没有区别的。你既然知道是这样的道理，还有什么理由嫌弃妻子长得不漂亮呢！"仆人恍然大悟，于是改正错误，善待妻子，家庭从此和睦。

这位主人的劝解和风细雨，没有严厉的批评，而是以酒比妻循循善诱，合情合理，让人无由不信服。

夫妻感情是家庭关系的核心所在，而夫妻之间的感情好不好，绝不是靠容貌来决定的。夫妻是终身伴侣，婚前的花前月下，终归被婚后的柴米油盐所代替，任何一方在生命旅程中的酸甜苦辣，都需要夫妻二人共同品尝。在几十年的同甘共苦中，家庭幸福依赖的是互相体贴、互相包容、相帮相扶、同心协力，而容貌对克服困难、解决问题几乎毫无用处，就像我的家乡俗语所说："脸上不能长庄稼，好看不能当饭吃。"况且，年老色衰是自然规律，随着岁月流逝，容貌将会改变，但生活依然继续，一个妻子的贤惠，远比一时的貌美如花重要得多。

故事中，主人把妻子比作杯中酒，其实，相对于妻子来说，丈夫同样是杯中酒。一个丈夫对爱情的忠贞、对妻子的悉心呵护、对家庭责任的担当，与一时的英俊潇洒孰重孰轻，恐怕也无须多言。

这样的道理，古人也非常认同，因而在华夏历史上，不以貌美选妻者大有人在，而这些所谓丑女也在齐家治国中发挥了"贤内助"的作用。更有战国时期的百里奚、东汉重臣宋弘，忠于婚姻，不慕美色，糟糠之妻不下堂，也成为千古佳话传唱至今。

自古以来，婚姻讲究门当户对，追求郎才女貌，不能说这样的观念、这样的做法毫无道理，但这不是最重要更不是唯一的标准。无数的案例证明，"高富帅"未必就是好丈夫，"白富美"也不完全就是好妻子，那些让人们尊重、羡慕的幸福婚姻，是相濡以沫，是患难与共，而非纯粹的俊男靓女。

婚姻是一个漫长的过程，人们说"黎明的觉半道的妻"，意思是说经过婚后的磨合，夫妻达成默契，婚姻渐入佳境。还说"少年夫妻老来伴"，经过几十年的风风雨雨，人至暮年，夫妻已经成为须臾不能分离的伴侣。夫妻这桶老酒，从合成，到发酵，再经时光的酝酿，日益变得浓香甘醇、色味俱佳。

诚然，酿酒须用心，夫妻如酒，也须细细酿。既为夫妻，必定有缘，珍惜这种人生最重要的相遇、相合，是美满婚姻的基础，即便在脾性、能力方面有些差别，也要从爱心出发，多看对方的长处，互相体谅、互相尊让，不苛求、不埋怨，小分歧不计较，大事情多商量，从而弥合嫌隙，进而达到和谐统一；要有生死不相忘、贫贱不能移的品德，一心一意为对方、为家着想，心甘情愿努力付出。无论遇到什么困苦，只要爱心不老、和和睦睦，那么夫妻这杯酒，就是永远香甜的。

宋弘糟糠之妻不下堂

刘秀的姐姐湖阳公主守寡不久，一天刘秀和姐姐一块儿评论朝中大臣，借以观察姐姐的心意。湖阳公主说："宋弘的威仪容貌、品德气度，群臣中没有谁能比得上。"刘秀明白了姐姐心意，说："我正想谋划这件事。"不久后刘秀召见宋弘，并事先让姐姐坐在屏风后，宋弘回答："我听说，贫贱时的朋友不能忘记；患难过的妻子不能抛弃。"听宋弘这么说，刘秀回头对姐姐说："这事办不成了！"

这是载于《资治通鉴》中的一个故事。

刘秀是东汉开国皇帝，朝臣能与皇帝的姐姐成亲，自然有享受不尽的荣华富贵，况且还是皇帝亲自说媒，想来很多人会求之不得。在这个过程中，刘秀并没有以皇帝身份迫使宋弘就范，而是用俗语中的人情说来规劝宋弘，但是，宋弘没有买皇帝的人情账，理正辞严拒绝了这门亲事。

"'贵易交，富易妻'，人情乎？"与"臣闻贫贱之知不可忘，糟糠之妻不下堂。"说起来都是人之常情，然而代表的却是截然相反的人情观。

客观上说，这在社会生活中并不少见，否则刘秀不会为之贴上"人情乎"这个标签，但是，存在并非合理，这样的行为确实违背了人伦道德规范。作为一位开明的君主，刘秀不是不明白这个道理，之所以揣着明白装糊涂，硬要拿来当依据，只不过是徇了私情，想成全姐姐终身大事而已。

宋弘，字仲子，今陕西西安人，东汉初年大臣。宋弘为人正直，做官清廉，敢于对皇帝直言劝谏。宋弘拒绝易妻逸事只是其道德品质的一个侧面，但是也因此留下了"糟糠之妻不下堂"这样一个美好的典故。

中华民族崇尚诚信仁义，在人们的心目中，那种地位变了就忘本、就抛弃旧友老妻的做法极不道德，这样的人往往被社会唾弃。宋弘"不易交""不易妻"，受到世人称颂，折射对这种社会道德观念的认同。

皇帝亲自出面说媒，过得这一人情关，从某种意义上讲对宋弘是一次考验，好在宋弘交出了一份合格的答卷，能够如此，完全是由于宋弘坚定了正确的人情观。

人情观是世界观、价值观的重要组成部分，只有坚持注重思想修养、品德高尚的人才会有正确的人情观，也才能过得了人情关。

宋弘是一位古人，他功成名就之后不易妻的行为至今仍然有示范意义。在思想更加开放的历史时期，忠诚、纯洁的友谊和爱情依然值得赞美。弘扬宋弘的人情观，不但有利于个人前途命运、家庭幸福，也会对社会的文明和谐产生至为积极的影响。

兄弟相争为代死

东汉时期，尚书令陈蕃曾向桓帝上书，推荐五位隐居贤者做官，彭城人姜肱名列其中。姜肱入选的主要理由是他无与伦比的孝悌，在《后汉书》中，就有记载姜肱兄弟争相代死的故事。

一次，姜肱和弟弟姜季江一道前往郡府，夜间在道路上遇到强盗抢劫。强盗要杀死他们，姜肱对强盗说："我的弟弟年龄还小，受到父母怜爱，又没有定亲娶妻，我希望你们把我杀死，保全我弟弟的性命。"此时，姜季江却对强盗说："我的哥哥年龄比我大，品德比我高尚，是我家的顶梁柱，也是国家的有用之才，就请来杀我吧，我情愿代哥哥一死。"强盗听后很受感动，便将这兄弟二人都释放了，只将衣服和财物抢光作罢。

人生在世，最大的事莫过于生死存亡，倘若面对死亡无所畏惧，其他的事也就算不得事了。姜肱兄弟在危急关头，争相把生的希望留给对方，手足情深可想而知，兄弟友爱堪称典范。

中华民族是礼仪之邦，团结友爱的传统源远流长，其中，兄弟亲情与父子、夫妻一样被视为为人伦之中最重要的关系，并列为家庭和睦的重要因素。孔子曾说过"弟子入则孝，出则弟。""孝悌为仁之本"。在人们观念中，兄弟同心，其利断金、家庭祥和，父母欢欣。所谓"兄道友，弟道恭，兄弟睦，孝在中"

也在于此。

在华夏历史上，兄弟相亲相爱的故事多不胜举：除了姜肱和姜季江"争相代死"，王徽之和王献之的"人琴俱亡"，赵孝和赵礼的"兄肥弟瘦"，还有孔融让梨、许武教弟、王览护兄等等，都脍炙人口、世代流传。

记得在读小学初年级的时候，就学过"一根筷子容易折、十根筷子折不断"的故事，又有社会风气、家庭教养的熏陶，母亲病危之际还特意望着我们兄弟姐妹说："你们是一奶同胞啊！"深知除却父母，兄弟姐妹就是最亲最爱的人了，也就不难理解弟弟一度病危我曾以泪洗面，吃睡不宁守候床前，也不难理解我病危时睁开眼睛看到弟弟妹妹焦灼的泪眼……

"有兄弟姐妹相伴是福分，这是拿钱也买不来的，还有什么好计较的？"这是我与亲友聊天时经常说的一句话。比之姜肱们，我们还差得很远，但先贤的友悌精神，中华民族的优秀道德传统，不值得我们借鉴、值得我们发扬光大吗？

李世民家教不忘"遇物则诲之"

唐太宗李世民是一位开明的皇帝，不但打江山、保江山很有本领，在家教方面也颇有心得。

李世民非常重视对接班人的培养。在废掉李承乾、疏远李泰而立李治为太子后，李世民任命长孙无忌为太子太师，房玄龄为太傅，萧为太保，李世为太子詹事；任命左卫大将军李大亮领右卫率，前任太子詹事于志宁、中书侍郎马周为左庶子，吏部侍郎苏勖、中书舍人高季辅为右庶子，刑部侍郎张行成为少詹事，谏议大夫褚遂良为太子宾客，把一些学识渊博、德高望重的社会贤达聚拢在李治身边，配备了超强的教育班子。

即便如此，李世民并没有认为万事大吉，他从一个父亲的角度，丝毫没有放松对李治的家教。

《资治通鉴》记载：上谓侍臣曰："朕自立太子，遇物则诲之，见其饭，则曰：'汝知稼穑之艰难，则常有斯饭矣。'见其乘马，则曰：'汝知其劳逸，不竭其力，则常得乘之矣。'见其乘舟，则曰：'水所以载舟，亦所以覆舟，民犹水也，君犹舟也。'见其息于木下，则曰：'木从绳则正，后从谏则圣。'"

"遇物则诲之"，用现在的话说，就是不放过任何机会，随时随地进行情景教育。

李世民的"遇物则诲之"，并非婆婆妈妈的絮絮叨叨。一粥一饭当思来之不易，是以农为本、勤俭立身的根本大德教育；骑马要劳逸结合，不竭尽马力，以备常用，是取舍得当、张弛有度、兼顾远近的处世哲学教育；水能载舟亦能覆舟，是以民为本、治国理政的安国大计教育；木头经过墨线处理才能正直，君主能纳谏者才为圣君，是克己修身、宽广胸怀的远大抱负教育。

毋庸置疑，李世民的即时情景家教，重德有才，德才兼备，句句戳中要害；而寓教育于日常生活中，日复一日地潜移默化，更能取得课堂达不到的效果。

李世民教子，也并非光说不练。一次李世民要外出，李治哭哭啼啼，李世民便批评他说："如今留下你在朝廷镇守，有俊彦贤才辅佐你，正好让天下人认识你的风度才能。治理国家最重要的在于进贤才摒弃小人，赏赐善举惩罚恶行，大公无私，你应当努力做到这些，有什么好悲泣的？"给了李治一个在实践中经风雨、见世面、增长才干的机会。

李治即位早期勤于政事，故而史称"百姓阜安，有贞观之遗风"，李治能够有如此政绩，显然与李世民对他的精心培养包括家庭教育分不开。

在封建社会，作为一位父亲，李世民的家教是成功的。

反观现代社会，有些家长在家教观念、家教方法上还有些误区。比如，过分依赖社会和学校，忘记了家庭是教育子女的第一课堂，一旦出了问题，不从家长自身找原因，一味怨天怨地。在应试教育制度和就业压力影响下，有的家长重视孩子的智商教育，轻视情商教育，致使孩子在世界观、价值观养成方面出现偏差，人生道路上走了弯路、歧路。还有些家长存在过分溺爱、忽视身教、理论脱离实际等等问题，都影响了孩子的全面、健康成长。

　　诚然，我们没有必要和可能完全效仿李世民，但是，他的家教精神、方法乃至内容，都有可以借鉴的东西。为人父母者应该仔细品读一下李世民的教子经，尤其"遇物则诲之"的做法，从中吸收一些营养为己所用。

李迥秀休妻

公元 701 年 6 月，李迥秀得到了武则天的重用，由夏官尚书升职为同平章事。

李迥秀，字茂之，陕西泾阳人。少年李迥秀聪明颖悟，进士及第，为官多年，史料中关于其功绩的记载不多，《资治通鉴》在提及李迥秀提拔的时候，也只有休妻一事，看来，李迥秀休妻当年是为他的形象加分的。

那么，李迥秀休妻是怎么回事呢？

司马光在书中说，李迥秀品性极为孝顺，他的母亲原来出身低微，而李迥秀的妻子崔氏对此无所顾忌，经常大声呵斥陪嫁婢女，他母亲听到后很不开心，李迥秀便立即将崔氏休弃。有人对他说："您的妻子没有避开嫌疑，惹婆母不愉快，但她的过失不属于休妻的七条理由之一，为什么您这么着急把她休了呢？"李迥秀回答说："娶妻的目的就是为了侍养双亲，现在她却惹得母亲不高兴，我哪里还敢把她留在家中！"终于还是将崔氏休弃了。

以现代社会的意识，这段文字所包含的观念我们有两点不能认同：结婚是男女人生大事，结婚意味着此后会有更丰富的生活内容，包括夫妻一同侍奉双方父母，但绝不仅仅是为了侍

173

养双亲，男子娶媳妇进门，不等同于家庭雇用保姆。把妻子当成丈夫的附属品，这是典型的男尊女卑，无疑是封建制度和落后观念的显著标志。再者，"即时出之"也太过严苛。妻子有所过失就立即休弃，全然没有包容、规劝，李迥秀的夫妻情分也忒淡薄了，对崔氏来说，离开这样薄情寡义的人，未必不是件好事情。

当然，回顾这一历史故事，不是为了一味地批判，更重要的是为了吸收其中的积极意义。

孝是中华民族传统美德，孝道是民族文化的组成部分，"夫孝，天之经也，地之义也，人之行也。""人之行，莫大于孝"，千百年来，世人普遍认同"百善孝为先"，也涌现出很多感人的孝老敬亲典范。

李迥秀休妻，在当时的社会背景下，被看作孝行是很自然的事，其间虽有不当，但他取悦母亲的指导思想值得肯定。

历史发展到今天，孝老敬亲依然是精神文明的重要内容。然而从社会现状来看，不孝的行为还相当严重。如果说崔氏对婆母的不孝仅属于"色难"，如今有些人的不孝行为可是有过之而无不及了。

孔圣人曾经说过，"今之孝者，是谓能养，至于犬马，皆能有养，不敬，何以别乎？"意思是说，仅仅能供养吃住而无尊重、恭敬之心，那和养狗养马有什么区别呢？

伺候得不好，让父母生气，已是不孝，但尚且优于不管不问。就我们所知，单身老人死在家中无人知晓并非个例。不能陪侍左右，没有安排恰当的照顾，又不能及时探视，子女如此这般的行为，所谓的孝又何在？

夫妻是家庭的核心成员，夫妻团结一致地敬老爱幼关系着大家庭的和睦，也影响着社会的文明和谐。我们不提倡如李迥秀那样动辄休妻，但是古人重视孝道的精神，是值得我们借鉴的。从某种意义上说，"不过正不能矫枉"，针对不孝行为尚且严重的社会现实，采取法律、经济、舆论的一切手段，下大力气引导树立敬老孝亲的新风，是完全必要、非常及时的。

不痴不聋，不作家翁

"不痴不聋，不作家翁。"这话有一定道理。

俗话不俗，出自一位皇帝之口。

《资治通鉴》记载：郭子仪的儿子郭暧一次与妻子升平公主发生争论，郭暧对妻子说："你倚仗你父亲是皇帝吗？那又有什么了不起，我父亲只是不屑于做皇帝而已！"升平公主非常生气，乘车飞奔入宫向父亲奏报这件事。唐代宗说："你有所不知，郭暧说的是真的，以他们的力量如果想要做皇帝，天下怎么会是你家的呢！"唐代宗安慰劝说一番后让女儿回到郭家。郭子仪听说这事后，将郭暧囚禁起来，自己入朝等待代宗的惩处。唐代宗对郭子仪说："有一句俗话说，'不痴不聋，当不了家长。'儿女闺房中的话，哪里值得那么认真呢！"郭子仪回家打了郭暧几十大棍。

唐代宗是权力至上的皇帝，郭子仪是兵权在握的当朝重臣，这一对亲家翁没有依仗权势袒护亲生骨肉，而是或责或劝教化自己的子女，促使这对小夫妻淡化、消除矛盾，最终取得了相安无事皆大欢喜的效果。

我们不去探究当时的社会背景，也不必称颂唐代宗和郭子仪的大度，只以唐代宗引用的俗语"不痴不聋，不作家翁"作为议题，谈谈父母应该怎样看待和处理子女夫妻之间的矛盾。

俗话说，勺子没有不碰锅沿的，天长日久生活在一起，夫妻之间出现争论、争吵不足为奇，大多数夫妻争过、吵过也就算完，日子照常过；但也有的夫妻积怨日深，以至于影响到夫妻感情和家庭和睦，甚至造成婚姻的破裂，其中，有的是由于长辈的不恰当介入造成的。

父母总是把自己的子女挂在心上，对他们小家庭的生活非常关心、关注，这是人之常情。但是，怎么样才是正确的关心，的确也有学问。

唐代宗说："不痴不聋，当不了家长。"换句话说，就是当父母的，必要的时候推聋装痴，不要过多干涉、包办子女婚后的生活，小夫妻之间有了矛盾，让他们自主的缓和、解决，更不能以家长的身份为自己的孩子撑腰打气，反而激化了矛盾，最后事与愿违。

唐代宗虽然是封建社会的皇帝和家长，但他引用的这句俗语却有民主、进步的内涵，即便在今天，也很有借鉴意义。

综观当今社会，有些父母对子女的事情介入太多，看起来是为自己的孩子着想，实际上没有起到好作用。

最常见的介入过分，首先是婚姻。儿女婚姻大事由父母主导，看颜值，看财富，看家庭背景，当然这没有错，错就错在注重了有形的东西而忽略感情因素。有很多的夫妻，由于性格、习惯、认知能力的差异，生活中不愿意、不能够沟通，影响感情与和睦，或多或少成为夫妻冷战、出轨行为的诱因。这种先天不足，是多少财富也弥补不了的。

再一种不恰当介入，是对自己子女的偏爱和袒护。无论小夫妻之间产生什么矛盾，不问青红皂白，总是站在自己孩子的立场上指责对方，实际上不是帮着灭火，而是火上浇油，加剧了小夫妻的裂痕，实实在在帮了倒忙。现实生活中有些小家庭的破裂，确实是长辈的不当干预造成的。

也有的家长在晚辈成家后不放心、不放手，过分操心晚辈的工作、买房、买车、房屋装修、子女教育等等大小事务，岂不知由于"代沟"的原因，观念难免有差别，出力不讨好的情况并不少见。

这些家长在处理晚辈婚后的家庭关系方面，远没有唐代宗明智。

"不痴不聋，不作家翁"，不是说当家长的聋、痴才好，只是处事超脱一些，把更多的空间留给子女。

郭橐驼种树的家教意义

司马光在《资治通鉴》中选载了柳宗元的作品《种树郭橐驼传》，这不但是对文学家、思想家柳宗元的尊重，也是对这篇文章所蕴含思想的肯定。

柳宗元的文章说，一个叫郭橐驼的人很善于种树，人们问他其中的道理，郭橐驼回答说自己并没有什么本领能让树根深叶茂，只不过顺应了树木生长的本性，让它扎根泥土后自由地舒展。有的人之所以树养得不好，是把树木的根部拳曲在一起，而且更换了新土，还过分关切，甚至划破树皮察看成活还是枯萎，摇晃树干察看枝叶稀疏还是稠密，这样看起来是爱护，实际是损害。

此后，柳宗元话锋一转，借郭橐驼的口，说办理政务，也是这个道理。一些当官的人，喜欢频频发号施令，看似对百姓非常怜悯，督促百姓干这干那，但实则违反百姓生息天性，破坏百姓劳作规律，如此扰民，最终给百姓带来祸殃。

《种树郭橐驼传》兼具寓言和政论色彩，核心内涵是"顺木之天，以致其性"。柳宗元在当时借用养树的法则批判官吏扰民、伤民，表达了同情劳动人民的思想感情和改革弊政的愿望，应该说恰如其分。

"顺木之天"是自然界的客观规律，"以致其性"在社会生活中有着普遍的指导意义。至此，我联想到人们常说的"十年树木百年树人"，树木与树人，同此一理。

一般来说，孩子的幼年单纯、活泼、好学，具有很强的可塑性，但随着年龄的增长，孩子的自主意识会越来越强，而且每一个孩子的个性也逐渐显现出来。做家长的怎样在各个时期针对自己孩子的具体情况，遵循"以致其性"的原则施教，确实大有学问。我们看到，在现实生活中，人们教育孩子尤其家庭教育中，常常出现以爱的名义在做着无视、违逆孩子天性和个性的事情。

唯恐"输在起跑线上"，有些家长超越孩子的承受能力不断加码，或者强迫孩子课外报班接受各种类型的辅导，或者额外布置答试卷、做练习，侵占孩子们发挥天性的空间，剥夺孩子们应该享受的假日和假期，更剥夺了孩子们的童年快乐。实践证明，如此"拔苗助长"的做法，对孩子的精神生活是一种伤害，学习效果也往往适得其反。

有的家长喜欢包办子女的生活，动不动以家长自居，不愿意认真地和孩子交流，不尊重孩子的意愿，完全按自己的想象规划孩子的道路，设计孩子的前程，甚至把自己没有实现的人生目标强加到孩子身上，而这一切还往往打着"为孩子好""对孩子未来负责"的旗号。

孩子有自己独特的特长和爱好是正常的，明智的家长往往因势利导、因材施教，提供适宜的"土壤"，有利于发挥孩子的主观能动性，鼓励孩子创造性的学习，促使其成长为专业的有用之才。有的家长虽然也注重孩子的智力教育成功，但特别看重保持各门学科的成绩均衡，喜欢做一些"削尖子"的行为，限制、摧折了孩子的特长。

还有的家长，总把孩子当成温室里的花朵，在物质生活、精神生活方面过分地呵护，事无巨细，不放心、不放手，舍不得让孩子在社会生活中历练成长。更有甚者，把溺爱当作真爱，听任娇生惯养、养尊处优，致使子女不学无术，而且社会公德缺失，法令法规意识淡薄，不但未能成材，还有可能走上人生歧途。

以爱的名义实施不合适的家教，无异于种树的人把树根拳曲起来、经常摇晃树干、划破树皮，纵然是关爱，但结果事与愿违，又何益之有？

当然，家庭教育中的管与放、堵与疏是一个辩证的关系，"以致其性"不是大撒把，不是一味放任自流，只是说要顺应孩子的天性恰当地引导、教育而已。就如同郭橐驼种树，倘若不浇水、不修剪、不看护，那树也决然不会成材的。

门第高可畏不可恃

　　司马光在《资治通鉴》中借柳玭的话阐述了门地高不可恃的道理。

　　柳玭，陕西耀县人，唐代大臣，曾任御使大夫。柳玭出身于名门望族，其祖父柳公绰曾担任户部尚书、兵部尚书，其父柳仲郢担任过刑部尚书、兵部尚书。柳氏家族治家严谨，自从元和年间和柳公绰以来，柳氏家人都因敬老尊长、重礼守法而被世人尊崇。

　　司马光所引用的一段话，节选自柳玭的《戒子弟书》。柳玭告诫家中子弟说，门第地位高贵，是可怕而不是可以自恃的事。同样一件事出现失误，门地高的人招来的罪过就会比别人严重，死后也没有脸面在地下祖先相见，这是所以说可怕的原因。门第高就容易产生骄傲心理，家族昌盛就要被人嫉妒；他们的美德善行、真才实学，人们未必相信，而稍微有一点美中不足，大家都会去指责他们，这是所以说不可自恃的原因。因此，高贵人家的子弟，学习应当更加勤奋，品行应当更严格要求，这样也仅仅是能和普通人相比而已！

　　这其中有高处不胜寒的意味，因为地位高，尤其引人注目，同样的过错，不良影响的后果就可能超过其他人。当然，柳玭并没有把地位高而可怕的原因归罪于外部环境，他非常旗帜鲜明地指出，自恃门第高贵，就容易产生骄傲情绪，因为骄傲，就有可能派生出种种不端行为。

家训是用训导的手段教育家人如何处世做人的，出发点主要是未雨绸缪、防患于未然，所以，柳玭为了杜绝子弟自恃门第高贵做出不良行为，进一步明确指出了哪些事该做哪些事不该做："予幼闻先训，讲论家法。立身以孝悌为基；以恭默为本；以畏怯为务；以勤俭为法；以交结为末事；以弃义为凶人；肥家以忍顺；保友以简敬。百行备，疑身之未周；三缄默，虑言之或失。广记如不及，求名如偾来。"要求子弟淡泊名利，好学上进，谨恭谦让，与人为善。柳玭的《戒子弟书》基本概括了中华民族优良道德传统的核心内容。

柳玭的家教理念，上承先人，下训后代，产生了深远的影响。历史记载，在相当长的年代里，柳玭家族后裔多有文人名士，成为传统意义上"忠厚传家久、诗书继世长"的典范。

强调"门第高者，可畏不可恃"，在社会风气日趋颓败的晚唐时期很有针对性，时至今日，这一道理依然具有重要借鉴意义。

古往今来，门第差别现象一直存在，今后也必定会继续产生和延续下去。无论为人父母者还是为人子弟者，都应该牢记柳玭"门第高者，可畏不可恃"之说，传承良好家风，严以律己，修身养性，时时提醒自己不要盲目自恃，不要等到"坑爹"的事发生之后再去后悔。

《资治通鉴》中的大义之母

　　古往今来，提及母亲，人们心目中最美好的赞誉恐怕就是慈爱二字了，但是，读罢《资治通鉴》，方才明白历史上还有一些母亲，绝不是仅仅以慈爱赞美便能包涵了的。

　　战国时期，赵王重用赵奢的儿子赵括。儿子当大将军这是建功立业、光宗耀祖的绝好机会和途径，赵母不但没有喜形于色，反而上书赵王，说自己的儿子不堪重任。她说赵括不像父亲那样克己奉公、将士同甘共苦，而是养尊处优、贪财利己，不具备领导素质。可惜赵王辜负了赵母的善意之为。赵括当将军后虽能奋勇杀敌却轻敌冒进，结果中了埋伏，遭秦军突袭，被切断补给线，赵军苦战四十几天后，突围未果，赵括阵亡，几十万赵军被迫降秦，赵国几近灭亡。

　　汉昭帝时期京兆尹隽不疑守政有方，无论官吏还是百姓对他都很敬服，能够至于此，与隽不疑母亲的教诲大有关系。每当隽不疑巡视各县审查囚徒判处情况归来，他的母亲总要问他："给受冤屈的人平反了吗？救活了多少人？"如隽不疑为很多受冤屈的人平了反，他的母亲便非常高兴；如没有平反之事，其母便生气得不肯吃饭。因此，隽不疑为官，虽然执法严格，却并不残忍。

　　汉宣帝时期，河南太守严延年治理郡务阴狠酷烈，百姓称其为"屠夫长官"。一次，严延年的母亲从东海郡来看儿子，正遇到处决囚犯，其母非常吃惊而不肯进府。严延年来到驿站谒见母亲，其母先是闭门不见，而后一再责备严延年说："你有幸当了郡太守，独自管辖方圆一千里的地区，没听说你以仁爱教育、感化百姓，使百姓们得到安定和保全，反而利用刑罚大量杀人，企图借此树立威严，这岂是作百姓父母官的本意？""天道悠悠，神明在上，杀人者必将为人所杀。想不到我到了暮年，却将看到正当壮年的儿子遭受刑戮！"遗憾的是严延年没有听从母亲的训诫，一年以后果然被杀。

　　唐朝中期大臣李景让的母亲郑氏，性格严明，很早就守寡，家境贫困，儿子由郑氏亲自教育。李景让在浙西做官时，部下左都押牙违背他的意旨，李景让举杖将左都押牙打死，引起军中愤怒，眼看就将发生变乱。景让的母亲得知消息，出来坐于厅堂，然后让李景让站在庭院中，愤怒地予以训斥，还命令家人剥下李景让的衣服，鞭挞李景让的背。将佐们都为李景让求情，拜谢以至于哭泣，郑氏很久才将李景让释放，军中于是安定下来了。

　　五代时期后周的军队围攻南唐的寿春，守城大将刘仁赡请求率领部众决一死战；齐王李景达不准许，刘仁赡因气抑郁成疾。刘仁赡的小儿子刘崇谏夜晚乘船准备渡到淮北，被军中小校抓获，刘仁赡命令腰斩，左右部将没有人敢救，监军使周廷构在中门大哭来相救；刘仁赡不允许。周廷构又派人向夫人求救，夫人说："贱妾对崇谏不是不怜爱，然而军法不可徇私，名节不可亏损；倘若宽容他，刘氏就成为不忠之家，贱妾与刘公将有什么面目去见将吏士卒呢！"催促命令腰斩，然后收敛安葬，将吏士兵都感动流泪。

　　……

185

天下的母亲没有不爱子女的，教育子女成人，谋划子女的前程，牵挂子女的安危，为了子女舍得牺牲自己的幸福甚至生命，无论多么艰辛曲折、多么轰轰烈烈，这种母爱都是人伦本能之爱。那么，赵括之母劝止儿子任将，隽不疑之母以儿子是否明断冤案而喜怒，严延年之母预言儿子遭受刑戮，李景让之母鞭挞儿子，刘崇谏之母催促腰斩儿子，是这些母亲不念血缘亲情、不懂慈爱吗？

非也！

赵括之母视国家存亡重于儿子的名誉地位，隽不疑、严延年之母悲悯天下苍生之善大于为人母之慈，李景让、刘崇谏之母忧军心不稳抛却母子私情，这些母亲多么深明大义，多么顾全大局，多么睿智果敢！她们的大爱已经超越了血缘亲情，如此可歌可泣、名垂史册的事迹，胸怀狭窄、目光短浅的人是决然做不出来的。

无论社会怎么发展，历史上那些为国家、为民族、为百姓公而忘私国而忘家的母亲们，是中华民族优秀女性的旗帜，永远值得我们敬仰，她们的大义之举是一面镜子，永远值得我们借鉴。

宋朝以法律和政策为孝老敬老保驾护航

孝老敬老是人伦道德的核心组成部分，千百年来，中华民族形成了孝老敬老的优良传统，也传唱着多不胜举的孝老敬老佳话。之所以能够如此，究其根源，一方面是得益于优秀思想道德文化的传承，另一方面，是社会政治制度不断进步推动的结果。

翻开历史篇章，在《宋史》中清楚地看到了朝廷以法律和政策为孝老敬老保驾护航的印记。

乾德四年（964）五月十三日，宋太祖赵匡胤"诏蜀郡敢有不省父母疾者罪之"。还是赵匡胤，开宝五年（972）正月初九，"前卢氏县尉鄢陵许永年七十有五，自言父琼年九十九，两兄皆八十余，乞一官以便养。因召琼厚赐之，授永鄢陵令"。

态度是多么的旗帜鲜明啊！父母有病不去探视便以犯罪论处，而为了鼓励奉养年事已高的父兄，不但给予厚厚的赏赐，还可以封官。

宋朝上承五代十国，下启元朝，历时319年，相对是中国历史上经济与文化教育最繁荣的时代之一，尊师重教，科技发展，政治也较开明廉洁，孝老敬老美德植根于华夏民族文化的沃土，故而孝老敬老政策也就没有止步于开国的朝廷。

淳化四年（993）二月初四，宋太宗赵光义"召赐京城高年者帛，百岁者每人加赐涂金带。这一天，降雪骤寒，又派遣中使赐给孤老贫穷者每人千钱、米炭。"

大中祥符三年（1010）闰二月十八日，宋真宗赵恒下诏："赤县父老本府宴搞，九十岁者授为摄官，赐给粟帛终身，八十岁者赐爵一级。"

天禧元年（1017）十一月初七，宋仁宗赵祯"诏河北被灾民八十以上及笃疾不能自存者，人赐米一石、酒一斗。"

熙宁二年（1069）五月二十九日，宋神宗赵顼下诏"台州民延赞等九人，年各百岁以上，并授本州助教。"

……

鼓励孝老者，厚待高寿者，接济孤老贫困者，宋朝几代皇帝都发话，真可谓是承天道、顺民心。在封建社会，皇帝的诏书、语言就是法律和政策，无疑，朝廷的一系列举措，必然对蔚成孝老敬老优良社会道德风尚产生强大的示范作用、引领意义。

在宋代，一些杰出人物同时也是出名的大孝子。范仲淹得知母亲迫于生计改嫁的真相而寒窗苦读，考中进士后所做的第一件事情，就是把母亲从养父家中接来供养，母亲因病去世后辞官回家，为母守孝三年。包拯曾经两度辞官，就是因为父母年迈，不忍心远离。此外，欧阳修"不孚母望"、朱寿昌"弃官寻母"、孙之翰"割肉疗亲"、黄庭坚"涤亲溺器"、詹惠明"待父受死"，都是发端于宋朝而千古流传的孝老佳话。

无论时代如何变迁，孝老敬老永远是人们心目中的美德，也是社会道德规范的核心组成部分，社会的文明进步，社会的和谐安宁，孝老敬老是不可割舍的内容。

宋朝孝老敬老的历史事实，至少有着两方面的现实意义，一方面是法律、政策意义，一方面是传统道德文化意义，而这两者都是建立人性化基础之上，这一切都值得后人思考和借鉴。

　　作为普通的社会一员，读过《宋史》中的皇帝之诏，能够提高孝老敬老的主动性并且落实在行动上，也就算没有白读史书。

桑泽不孝丢官

在《资治通鉴续》中，有一段官员因不孝被罢官的记载。

一〇五四年八月，宋朝廷任命知制诰贾黯担任吏部流内铨，负责对节度判官以下幕职州县官员的考核选拔和派遣任用。由于天下太平日久，官员们大都贪图安逸，因循守旧不思进取。贾黯上任后，便从端正操行作风入手整改存在的这一弊端。益州推官桑泽，在蜀地任职三年，不知道自己的父亲死去，任职期满后调回朝廷，考核合格即能升迁，桑泽呈递文辞陈述情况。官员们都知道他丧父的事情，没有人愿意为他呈文推荐。桑泽知道自己不可能得到任命，于是离开朝廷，去为父亲办理丧事，并且以没有得到家乡音讯为由解释这件事。桑泽守孝期满，申请朝廷对自己进行考核。贾黯认为桑泽三年不与父亲联系，虽然不是故意隐瞒父亲去世的事实，但仍然是不孝顺的行为，便将自己的看法报告朝廷，于是桑泽获罪罢职，回归故乡，一辈子在人前抬不起头来。

桑泽丢官，并非偶然，也不是一个孤立的事件。

先说朝廷。宋朝上承五代十国下启元朝，历经十八帝，享国三百一十九载，是中国历史上商品经济、文化教育、科学创新高度繁荣的时代，在思想文化领域创新理学、复兴儒学。"华夏民族之文化，历数千载之演进，造极于赵宋之世。"作为儒家思想核心内容的孝道被尊崇，也是很自然的事情。

宋朝从开国皇帝赵匡胤开始，便很注意敬养老人。朝廷屡屡下诏，规定父母有病不去探视以犯罪论处，而孝老敬老事迹突出的则可以封官，宋朝廷的大政方针，对蔚成孝老敬老社会风尚产生了强大的引领作用。桑泽因三年不问父亲生死而臭名远扬，没有人为他呈文推荐；贾黯拿桑泽的不孝行为开刀，整顿官员队伍操行作风，这是顺应了时代的潮流。

再说贾黯。贾黯，字直孺，河南邓州穰县人，庆历年间状元，历任著作佐郎，集贤院士、左正言、开封知府、中书舍人、给事中、御史中丞等职。贾黯为人耿直刚正，为官期间无私无畏举贤荐能，既能为人申冤又能惩治劣行官员，以直言敢谏闻名于世，宋朝历史上的"铁面御史"，应该有贾黯一席之地。罢免桑泽，不过是贾黯秉公处事的一桩公案，通过贾黯的尽职守政，对官员队伍起到"杀一儆百"的教化作用，也彰显了当时高度重视孝老养老的社会风气。

至于桑泽，若非不孝丢官这点事儿被毕沅写进《资治通鉴续》，那还真是名不见经传。尽管没有为官一任造福一方，桑泽的作用还是蛮大的，他的历史存在意义就是一个反面教员。

不孝本质上是极度的自私行为，为了满足自己某些方面的欲望，把父母、长辈的疾苦痛痒、生老病死置之脑后。

有的人常常说"忠孝不能两全"，其实这是一种借口。孝，本为德之本、忠之根；而忠是更广博、更深厚的孝。修身、齐家、治国、平天下，这是前后贯通、不能分割的为人处世主旨。可以试想，违背人伦道德，对亲人都冷漠无情的人，怎么可能善待他人，怎么能够全心全意为民众、为国家服务？这样的人又有什么资格做百姓的父母官？

桑泽因不孝丢官，完全符合中华民族传统道德，在现代社会，也仍然有借鉴意义。

刘庭式娶盲女不负初心

《宋史·列传》中记载了刘庭式娶盲女为妻的故事。

刘庭式，字得之，山东济南人，北宋进士。在苏轼为密州太守的时候，刘庭式任通判之职。

刘庭式中举之前，曾草成婚约娶乡人之女，但没有正式下聘。待刘庭式中举，女子却因病失明，女家是种田为生的贫苦人家，也就不敢再提这事。有人劝刘庭式另娶这人家健康的幼女，刘庭式笑着说："我的心早已许给她了，怎么能违背自己的初心呢。"于是娶了盲女，夫妻恩爱，生了几个孩子。

后来刘庭式的妻子病故，多年之后，刘庭式仍然没有再娶。

苏轼问刘庭式："悲哀是因为失去了爱，而爱发源于美色。现在你哪里还有爱，没有爱又哪来的悲哀呢？"刘庭式回答说："我只知道失去了妻子而已。我如果只是因为她容貌俊美而生爱，因为爱而生哀，那么她年老色衰，爱不存在，也就没有悲哀了。如果是这样，那些站在大街上挥舞衣袖、用眼神挑逗男人、卖弄风情的女人，岂不是都可以娶作妻室了吗？"苏轼听罢，深为感动。

古往今来，婚姻绝不仅仅是一对男女走到一起生儿育女传宗接代那么简单，无论多少主观或者客观因素造就的婚姻，都无可避免地给当事者带来生存环境、生活条件的变化，甚至由此改变人生旅途的走向。即便是多年的夫妻，婚姻也有可能随着一方地位变迁而增加变数。

按照世俗的眼光，刘庭式有充足的理由放弃与盲女的婚姻。当初谈婚论嫁，刘庭式"未第"，及至刘庭式中进士当官，女家依然"躬耕贫甚"，显然门不当户不对。"女以病丧明"，残疾在身，尚在未婚时，没有刘庭式丁点儿责任，更何况"未纳币"，聘礼都没有送，只不过是没有严格约束意义的婚姻意向而已。

然而，刘庭式坚持娶了盲女，夫妻同甘苦共患难，并且在盲妻病故多年之后"不肯复娶"。

"吾知丧吾妻而已。"刘庭式回答苏轼的这句话掷地有声！我只知道她是我的妻子呀，什么门当户对，什么贫富贵贱，什么疾病健康，什么生老病死，那都不是我考虑的。

纯真、诚实、信诺，刘庭式高尚的为人处世节操昭然于世。

苏轼说，像刘庭式这样品德高尚的人，如果不能大富大贵，也会得道而成正果。

应了苏轼的预言，真的是好人有好报，史书记载："庭式后监太平观，老于庐山，绝粒不食，目奕奕有紫光，步上下峻坂如飞，以高寿终。"

忠于爱情、忠于婚姻，刘庭式为世人立起一面镜子。

李存审藏箭诫子

《资治通鉴》中有一个李存审藏箭诫子的家教故事。

李存审出身贫寒，他经常告诫孩子们说："你们的父亲年轻时只带一柄剑离开家乡，四十多年来，职位逐渐升到将相，这期间不止一次死里逃生，剖骨取出箭头的情况就有一百多次。"还把从身上取出的箭头交给孩子们，吩咐他们把箭头收藏起来，说："你们生活在富贵之家，应当记住你们的父亲如此起家是很不容易的。"他的孩子们都承诺遵从父亲的教导。

文字不多，但已经把李存审建功立业的艰辛和对孩子们的殷切期望表达得非常清楚。

李存审，河南淮阳人，原姓符名存，字德祥，被晋王李克用收为养子后赐为李姓，故史册也载为李存审。李存审是五代十国历史时期后唐将领，有谋略，善用兵，身经百战，出生入死，战功卓著，官至检校太师、中书令、幽州卢龙节度使。但《资治通鉴》中并没有详细记载李存审经历的战事，而着重述说他的藏箭，可见司马光对李存审藏箭诫子的家教方式给予了充分的肯定。

古往今来，富贵之家多不胜数，这类家庭的家教历来是一个重大课题。

　　一个人出生在什么样的家庭是不能选择的，倘若生下来就身处富贵之家，养尊处优的生活环境就是一把双刃剑。一方面，生来便丰衣足食，还有条件接受优质的文化教育，创造人生的辉煌有着坚实的物质基础；另一方面，先天的因素决定了不必吃苦受累便可以坐享其成，非常容易滋生安逸享受的思想，搞得不好非但不能成才，甚至可能成害，败坏门风、祸及社会。因此，有没有良好的家教，对富家子弟的人生走向有着至关重要的作用。

　　有识之士非常明了其中的利害关系，像北齐的颜之推，唐代的柳公权、颜真卿，宋代的苏洵、范仲淹、陆游，清代的张廷玉、曾国藩、郑板桥等等众多古代名人，都通过种种方式告诫子弟后人，要求他们加强自身修养，遵守道德规范，在纷繁复杂的社会环境和人际关系中积极进取，奋发向上，勤谨谦虚，和睦友善，从而齐家治国平天下有一番作为。

　　李存审的家教有别于其他古人，他没有著书立说，写下什么家书、家训，而是让孩子们把见证自己生死创业的箭头收藏起来。李存审的用心绝不是仅仅希望他的孩子"饮水思源"，而是让他们时时睹物思情，提醒他们富贵来之不易，人生之路要靠自己的努力拼搏。

　　以实物作教材，以自身经历为激励，李存审的家教是成功的。历史记载，李存审有九个儿子，长子符彦超，官至节度使；次子符彦饶，官至检校太傅；三子符彦图，曾为骑将；四子符彦卿，官至中书令；五子符彦能，官至防御使；六子符彦琳，官至金吾上将军；七子符彦彝，官至节度使；八子符彦伦，官至知州；九子符彦升，官至节度使。可以说，李存审的儿子个个是栋梁之材。

　　李存审藏箭诫子，为世人提供了很好的借鉴。

彭锭杖子

古往今来，老子打儿子没啥稀奇的，但身为高官还被杖打，恐怕就不多见了。我国历史上，曾有一位因被父亲杖打而出名的名士，这位古代先贤，就是明朝的彭泽。

彭泽，明陕西临洮兰州人，明朝弘治三年（1490）考中进士，是弘治、正德、嘉靖三朝元老，先后担任工部主事、刑部郎中、徽州府知府、真定府知府、浙江副使、河南按察使、右金都御史、辽东巡抚、右副都御史、保定巡抚、右都御史、左都御史、太子太保。彭泽为人雄浑通达，做官清忠正直，颇富文才武略，书法雄浑遒劲，多有著作传世。

被父亲杖打，是彭泽任徽州知府时候的事情。

《明史》记载，彭泽做徽州知府时，因为女儿出嫁，置办了数十件漆器，委派下属送到家里。他的父亲彭锭很愤怒，立刻烧掉了，然后步行到徽州。彭泽得知后很惊讶，马上出城迎接，还示意手下人背上他父亲的行李。彭锭怒气冲冲地说："我背着走了几千里，难道你不能背几步路吗？"进到府里，就毫不客气地在堂下把彭泽杖打一顿。打完后，拿起自己的行李径自走了。

堂堂朝廷命官，凛凛一州知府，当众被杖打，皮肉之苦且不说，这是多么丢人现眼的事！

可贵的是彭泽没有怨天尤人，没有气馁消沉，而是因此深刻反思自己的所作所为，痛下决心砥砺品行，磨励节操，廉洁自律。也是功夫不负有心人，在此后的政绩考核中，彭泽名列前茅。

彭泽为官功绩卓著。受命提督军务时，他用厚赏和重罚激励官兵，大整军容，四个月平定河南匪患；讨伐四川盗贼，屡立战功。担任浙江按察使副使时，审明疑案，缉拿凶犯；巡行浙西，赈济饥民，整顿盐务，兴修水利。担任河南按察使时，以工代赈，救济饥民，稳定了社会秩序。

彭泽的刚直也有据可查。他在担任真定知府时，有宦官依势屡犯禁令，彭泽在堂上准备了棺材，宦官受到震慑，从此再不敢再逞强。在担任都察院右佥都御史巡抚辽东时，不避强权，严令有司追查惩治为非作歹的锦衣卫和宦官。

自古忠良多磨砺，彭泽忠心报国，却因朝臣之间的矛盾被陷害，一五一八年被夺官为民。一五二二年，明世宗即位后，彭泽被重新任命为兵部尚书，主持考核功罪，公正无私，兵政为之焕然一新。但在一五二八年又因为直谏被再次削职为民，两年后便去世了。

彭泽死后世人皆为他鸣不平。总制尚书唐龙曾上书朝廷，说彭泽做官廉洁、正直，参与国家大事孜孜不倦，忠心报国，死后留下来的妾衣食不保。一五六七年，冤案终得昭雪，朝廷恢复了彭泽的官位。

彭泽不失为一名好官，而他的好，是与仕途之初被父亲的杖责分不开的，从某种意义上说，彭泽的一世英名，其父的杖责起了至关重要的作用。

毋庸讳言，按照世俗的眼光，彭锭对儿子的杖责有些严苛。女儿出嫁，置办一些陪嫁的物品；老父到来让属下接过行李，似乎过分不到哪里去，甚至，有些人还可能认为这是光宗耀祖的门面之事。可是，彭锭却勃然大怒，做出了超乎常人所料的举动。

然而，当我们深思之后，不难理解，这位父亲的动怒，道是无情却有情，真实展示了其人的精神境界和良苦用心。彭锭对婚事大操大办、铺张浪费和为官之人追求排场、贪图安逸深恶痛绝；他不希望自己的儿子被世俗淹没、被官场的庸俗同化，他期盼彭泽有高洁的节操，做一个从严律己、清正廉洁的官员。

历史已经证明，彭泽没有辜负父亲的期望，为彭锭杖子故事划了一个圆满的句号。

时代发展了，或许后人无须烧毁陪嫁品，无须杖子，但是，彭锭杖子所蕴含的积极意义，永远不会过时。

马森明断家务事

有句俗话说"清官难断家务事"，其实不然，我国明朝就有一位明断家务事的清官，这位古代官员名叫马森。

马森，字孔养，福建省福州人，明嘉靖年间进士。马森为官多年，先后担任过户部员外郎、太平知府、江西副按察使和巡抚、刑部右侍郎、户部尚书等职。史称马森为官正直，体恤民情，敢于忠言直谏，拒绝趋附权贵，算得上是一位称职的好官。

《明史》中记载了马森处理的两件家务事案件。一件是在他担任太平知府的时候，有民间兄弟二人因为矛盾诉讼到府里，马森拿给他们镜子，命令彼此照照，说："等到你们老了，能够忍心伤害天然的兄弟情分吗？"兄弟二人幡然醒悟，感动得流着眼泪致谢，不再争讼回家去了。另外一件是他在担任江西按察使的时候，有位进士因为有外遇而杀害了自己的妻子，抚按打算从轻发落，但在马森坚持下最终使进士伏法。

这两起案件都不复杂，不过很可能不同的人有不同的看法和处理方式。

不难看出，马森对兄弟争讼的案件，是通过晓之以理调解处置的，兄弟和好的结局让人感到欣慰，这其中，马森是动用了"情"这把打开兄弟二人心结的钥匙。而在处理进士杀妻案件的时候，马森既不可惜进士的才华，也不顾及抚按的情面，坚决按律惩处，这其中，马森是坚持了"法"这把尺子。

张廷玉之所以把明断家事写进马森传记的首段，绝不是因为案件本身有多么轰动社会、破案有多么曲折复杂；也不是因为马森再没有其他功绩在此之上。处理这两起案件，比较马森为民请命、举贤任能、劝谕哗变的影响要逊色得多，很显然，是作者欣赏马森断案时恰当地运用了"情"这把钥匙和"法"这把尺子。

马森用劝解的办法促使兄弟和好，是最为妥当的选择，因此获得了一个皆大欢喜的结局；假如采取判决的手段来处理兄弟争讼，即便能理清是非，但兄弟之间的积怨也会由此更深。

家庭是社会的细胞，脱离不开社会生活大环境的影响和制约，家庭矛盾的解决，也不能摆脱社会道德和法律法规的原则。进士杀妻已经不是普通的家事，人命官司涉及刑律，正所谓法不容情，这样严重的刑案，马森排除干扰依法判罚完全正确。

马森断案已成历史，我们今天重温这一往事的重要意义，不在于评价马森断案的正确性，而是在于从中认识家庭生活中坚守情与法原则的重要性。

毋庸讳言，绝大多数家庭产生矛盾都源自一个"利"字，因为利益之争，影响了家庭和睦。须知亲情是多少金钱也换不来的，那种与生俱来的血脉亲情，"砸断骨头连着筋"，是生活中相帮相扶和感情上相互慰藉的坚实基础。亲情是用来珍惜、爱护的，倘若为了区区小利就肆意伤害、割舍，不但违反天伦，也是最为得不偿失的行为。常言说"家和万事兴"，如果凡事以亲情为重，哪里还会有化解不开的家庭矛盾？

退一步说，倘若家庭中出现或者存在不合意愿的现象，也不能以触犯国家法律的手段解决。每一个家庭成员同时也是社会一员，必须遵守国家的法律，即使在家庭中，形形色色以暴力伤害人身的行为都不应该发生。四百八十多年前秀才杀妻伏法，在当今的法治社会，更没有"法外之地"，难道还会有什么人可以违犯法律而不受制裁吗？

"情"是融洽家庭关系的钥匙，"法"是处理家庭关系不可逾越的红线，无论社会如何变迁，这二者都不可须臾淡忘。

姚宏任一跪成千古忠厚

　　清朝康熙年间在浙江钱塘出了一个以忠厚闻名的文人姚宏任，其成名与他曾经的"一跪"息息相关。

　　《清史稿》记载，姚宏任，字敬恒，别字思诚，钱塘人。

　　姚宏任本来出身于大姓之家，但是，姚宏任少年丧父，家境贫寒，母子相依为命。姚宏任的母亲是一位贤惠的妇人，对儿子的管教非常严格。为了养家，姚宏任经常混迹于市井，做一些小生意。一次，姚宏任的母亲偶然发现他经营的银白色蚕丝，色泽非常低劣，于是甚为愤怒，斥责儿子说："你也居然有这样的行为，太让我失望了！"姚宏任闻听诚惶诚恐，长跪在地，向母亲道歉，请求改正自己的行为，做一个忠厚的人。于是，姚宏任拜著名学者应捣谦为师，每天都将《大学》朗诵一遍，一言一行，谨遵师教，无论做什么事情，都以忠厚为本，终于成为远近闻名的忠厚文人。他的老师应捣谦向来不轻易接受他人金钱物品，唯独对姚宏任的馈赠帮助不予推辞，应捣谦说："我知道他没有不义之财。"

　　史海浩瀚，诗书万千，初初读来，姚宏任"一跪"的故事平淡如池水波澜不惊，然而细细品读，却感回味悠长。

　　姚宏任的母亲是一个深明大义的人。通常人们提及为人父母者，往往以严父慈母为范本，姚宏任的母亲，慈爱与严明兼而有之。当她发现儿子贪图小便宜买卖劣质蚕丝的行为之后，没有麻木不仁，没有姑息迁就，更没有为儿子能够谋取蝇头小利沾沾自喜，而是对儿子进行严厉的批评。姚宏任的母亲之所以这样做，是建立在明白事理基础之上的自觉行动，因为她懂得教育儿子做一个忠厚的人最为重要。事实也证明，经过母亲训诫，"一跪"成为姚宏任品德修养的重要转折点。

姚宏任的母亲身体力行为"妇人之见"正名。

毋庸置疑，姚宏任成为忠厚名人，关键在其本身。首先，姚宏任是一个孝子。面对母亲的责难，姚宏任既没有辩解，更没有顶撞，而是长跪在地，深刻检讨，立志更正，不辜负母亲的期望。古人论说不孝，"色难"为其之要，但姚宏任展现出来的是虔诚的"顺"，这本身就是难能可贵的大孝。其次，姚宏任立说立行，刻苦读书，追求学问；遵从老师教诲，处事忠诚敦厚。据史料记载，姚宏任曾帮助应㧑谦为朋友办理丧事；应㧑谦去世，姚宏任"执丧如古师弟子之礼。"姚宏任由于经常施舍，以至于家道中落，生活困顿，"卒以贫死。"名士黄宗炎称赞姚宏任节操高尚，不随俗沉浮。

说不上声名显赫，但姚宏任的确是忠孝两全。

这段历史往事中涉及的另一个人物应㧑谦，是姚宏任的老师，着墨不多，然而"窥一斑而知全豹"，"㧑谦不轻受人物，惟宏任之馈不辞。"应㧑谦待人接物的原则了然于目。在纷繁复杂的社会生活中，处理好人际关系，尤其经济往来的关系，的确是一门大学问。应㧑谦的做法提示我们，不是什么人的金钱物品都可以收受的，谁知道"馅饼"的后边是不是"陷阱"？

姚宏任一跪成千古忠厚，短短的一段历史记载，蕴涵着姚母的教子之道、姚宏任的忠厚修为和应㧑谦的待人接物，这都是先人留给我们的宝贵精神财富。所谓开卷有益，也许由此略见一斑吧！

杨璞救母得善报

中华民族崇尚孝道，古往今来，孝道故事多不胜数。在《清史稿》中，作者就用了三个章节，记述了二百多位孝道人物的事迹。虽然行孝、尽孝的方式不尽完全相同，但是这些人物有一个共同的特点，就是对父母、对长辈的大孝感人至深。其中有一段百字小文，说了一个杨璞救母的故事，读罢不由引发一些感慨。

《清史稿》记载，"乾隆二十六年秋，伊、洛水溢。灌偃师"。当地一个名叫杨璞的人，平时和弟弟陪母亲住在一起，当大水来临的时候，弟弟抢先用竹筏载着妻子往山上逃，对母亲的呼救充耳不闻。情急之下，杨璞顾不得妻子安危，用宽带子背起母亲浮水游往神堤滩，在别人的帮助下，登上滩堤，脱离了危险。一会儿工夫，有一位妇人抱着孩子在水中沉浮顺流而下，杨璞的母亲大声呼喊："这是我的儿媳和孙子呀！"众人施救，杨璞妻子都没有被淹死。而杨璞的弟弟乘竹筏到达山下的时候，突然一棵大树倒下来，恰好砸在竹筏上，竹筏沉入水中，夫妻二人都死去了。

我是唯物论者，是不相信宿命论的，杨璞在救母同时也得到妻子的安全，杨璞弟弟在危难之际弃母携妻而逃却命丧黄泉，其中确实有很多巧合因素，就此简单认定是报应，未必尽然，而否定有因果关系，也与理不通。

毫无疑问，人心向善，得道多助。杨璞负母而游，"或援之，得登。"显然是得到了他人帮助；其妻与子顺流而下之际，也是得到救助，"拯之，皆不死。"就这一点来说，真的是善有善报。

爱情与孝道，历来是人类精神世界的主题。近些年来，有的人一直在讨论如果母亲和妻子同时落水，应该先救谁？这是个看似两难的选择题，其实早在二百五十多年前，就由杨璞兄弟给出了答案，只不过这个答案因人而异。

应该先救母亲，还是应该先救妻子，这个问题放大了说，就是夫妻爱情和血缘亲情孰重孰轻的问题，问题的本质，是长辈和晚辈、大家庭和小家庭、孝道与爱情之间的利害冲突。这对既是儿子又是丈夫的家庭成员来说，的确是个难题，而这样的矛盾普遍存在，只不过是表现形式、表现程度不同，也因为处理态度、方式的不同，呈现出不同的效果。

当然，最好的局面是皆大欢喜、阖家和睦，"家和万事兴"嘛，这道理人人会说。而在实际的社会生活中，大部分家庭中长辈和晚辈、大家庭和小家庭的关系，是好的或者说是比较好的，尊老爱幼，相帮相扶，其乐融融。

无数的事实证明，无论孝还是不孝，从大概率来说，往往父母辈孝顺的，子女辈也就孝顺，一辈接一辈，安享晚年；父母辈不孝顺的，子女也不孝顺，晚年凄惨，形成恶性循环。

这是报应吗？报应只是一种说法，其实就是因果关系。常言说家庭是孩子的第一处课堂，父母是孩子第一位的老师，父母的一言一行孩子都看在眼里，天长日久，耳濡目染，潜移默化，子女辈就成为父母辈的翻版，父母辈的人不孝敬长辈，儿女怎么能孝顺父母？

杨璞兄弟对待母亲的不同态度，被写进了《清史稿》；无论什么人，是不是孝、能不能被孝的历史，也完全是由自己的行为书写呀！

第六辑：养生

养身无非寡欲

王昭素，宋朝酸枣县人，不但学问渊博，而且养身有方，七十岁的时候依然"颜如渥丹，目若荡漆。"宋太宗曾召见王昭素，询问养身之术，王昭素说："养身无非寡欲。"

人生天地间，至少拥有生存的必要条件，在此基础之上，还会追求生活质量更好一些，无论物质生活、精神生活还是文化生活，无论过去、现在还是将来，人若没有追求没有欲望就会失去生命的动力，所以说没有欲望那是不可能的。但是，人一旦被过度的私欲淹没，那必定是扭曲的世界观，总会认为自己拥有的不够多，在利己思想的驱使下，不但可能做出有悖于社会公德、社会行为规范的举动，而且内心世界空乏平静、安详、愉悦，常常充满失望、失落、失败的阴影和忧烦、焦躁、紧张的情绪，无疑会对自身的健康产生负面影响。

欲不可无，但不可过，寡欲，刚刚好。

人的欲望繁多，但通常最多见的主要是财欲、名欲、色欲，如果能在这三个方面寡欲，对修身养性、延年益寿大有裨益。据《玉壶清话》记载，王昭素便是寡欲的典范。王昭素为人敦厚，乐善好施，每次买东西从不争论价格高下，哪怕卖家自己都承认要了高价，王昭素都照价给付，还极力劝慰卖东西的人心安理得。王昭素既不贪财，也不贪色，"鳏居绝欲四十年，家无女侍"。在以官为本、以官为贵、以官为尊的封建社会，王昭素却难能可贵地淡泊名利，摒弃官本位观念，当宋太宗念及他学识过人、德高望重留朝为官的时候，他却托词衰老，恳求回归乡里。

王昭素以德为本、以善为本，清心寡欲，摆脱私欲的羁绊，保持纯正、阳光、恬淡的精神状态，实现人与社会、人与自然的和谐统一，走过自在的人生历程，以八十九岁高龄辞世，不愧为以身示范的养生大家。

寡欲，是生活行为，更是一种精神境界，若非诚心修为，戒除私欲贪心，便不可能寡欲。

当然，寡欲，是乐在知足、安于俭朴、心无贪念，不是消极、颓废的挡箭牌。王昭素养身有道，但他才高八斗、学富五车，并没有因为寡欲而不思进取。作为后人，我们应该传承先贤的优秀品德和智慧结晶，加强思想修养，寡私欲，立公心，胸怀他人，胸怀国家，做一个以德养生、身心健康的人。

古人睡眠要诀是"先睡心，后睡眼"

古往今来，睡眠不好的现象困扰着很多人，而睡眠直接关乎健康，于是，便有很多智者用心研究睡眠的经验教训。明朝进士郑瑄所著的《昨非庵日纂》一书中，就曾记载南宋著名理学家蔡元定总结的睡眠要诀，虽然寥寥数语，但其蕴涵的道理弥足珍贵。

蔡元定，字季通，史称西山先生，建宁府建阳县人。蔡元定博涉群书，探究义理，一生不涉仕途，不干利禄，潜心著书，长于天文、地理、乐律、历数、兵阵之说，精识博闻，在养生方面也有研究。

蔡元定首先强调睡觉的形体姿势："睡侧而屈，觉正而伸。"意为侧睡并且略微弯曲，睡醒后自由伸展身体。古人这种睡姿观念与现代医学不谋而合。人们认为，侧睡尤其右侧全身处于放松状态，有益于气血流通，利于心力舒展，颐养肝气，促进新陈代谢，使得大脑、心、肺、胃肠、肌肉、骨骼都能得到充分的休息。当然，也不必拘泥于一个姿势，在整个睡眠过程中，翻翻身、换换姿势，同样有利于解除疲劳。

蔡元定强调要遵循睡眠时间规律，"早晚以时"。睡眠的质量，是由睡眠时间和睡眠深度两方面组成的，而人的身体有自己的生物钟，当作息时间与生物钟吻合的时候，不但容易入睡，也会有相对更好的效果，在深度睡眠状态下，各个内脏器官该休息的休息，该工作的工作，有利于身体机能的恢复，避免身体各个系统功能紊乱、机能失衡、内分泌失调，从而减少了疾病发生的概率。

蔡元定主张"先睡心，后睡眼"。这一点完全符合唯物辩证法，也是世人共识，满腹焦虑、心神不宁，怎么能安然入睡呢？人生在世，脱不开七情六欲的纷扰，但无数事实证明，胸怀宽广、淡泊名利、内心安然的人，不但睡眠好，也往往健康长寿。

蔡元定说睡觉先睡心是很有道理的。至于怎样才能"先睡心"，郑瑄书中引用了孙思邈经典著作《千金方》的话，"半醉酒，独自宿，软枕头，暖盖足"。这话不难理解：小饮微醉，自然朦胧而睡；独自而宿，没有外界干扰，宜于静心；枕头舒适，腿足温暖，利于血液流通，身体感觉舒服，这都是"先睡心"的必要条件和环境，有了这样的物质基础，息心、睡心也便不再困难。

在信息爆炸的现代社会，社会生活节奏加快，无形的压力促使急躁、焦虑情绪肆意蔓延，越来越多的人因为种种原因违背了传统的睡眠规律，睡眠时间、睡眠质量得不到保证，严重影响了人们的日常工作、生活和身体健康。古人睡眠要诀是来自于实践的科学总结，是养生益寿的法宝，是先贤留给后人的精神财富，值得我们学习、借鉴。

郑伯熊于无眠处寻自得

人至老年之后，睡眠不佳现象较为普遍，于是多数人频于求医问药，且常常呈现心绪焦虑状况，我本人也在其列。

睡眠是很重要的休息手段，睡眠质量直接关系身体健康。为了提高睡眠质量，我曾经尝试了多种方法，也有一定的效果。我的做法大体三种。第一种是根据多年气功锻炼的体会，采取放松的方法，躺成最舒服的状态，默念"松静自然"，从头部开始，然后上肢、胸部一直至脚底依次放松，最后想象自己与大自然融为一体，在松静缥缈中渐渐入睡。这种方法初期效果还可以，但是如果心静不下来，往往不能奏效。第二种是听从医生和朋友建议，进行自我按摩，睡前按摩百会、太阳穴、足三里、涌泉穴，舒服些也累了，从而入睡。如果躺下还不能入睡，我便按摩神阙穴，以肚脐为中心，正反方向交替揉按。第三种做法主要在心烦意乱时使用，干脆信马由缰，无论在想什么事情，彻底放开，干脆想够。这时候我往往主动回忆孙女小时候的一些趣事，让心情变得轻松起来，由惬意催生睡意。也有实在睡不着的情况下，服用一点儿帮助入睡的药物。

睡眠是精神休息带动身体全面休息，所以精神状态起非常关键的作用。近来读郑伯熊《蒙斋笔谈》中关于睡眠的一段话，觉得别有意味。

郑伯熊，字景望，南宋进士。郑伯熊认为中年之后睡眠时间减少"盖老人之常态，无足怪也"。他说夜深人静辗转不能入睡的时候，既然不是身体有问题，就放平心态，凝神静气，从而产生一种不能言说的舒畅。还说，"时闻鼠吃，唧唧有声，亦是一乐事。当门老仆，鼻息如雷，间亦为呓语，或悲，或喜，或怒，或歌，听之每启齿。意其必自以为得，而余不得与也。"这真是于无眠处寻自得，异于常人的独到感受与见解。

郑伯熊为官多年，"道义秦城重，声名冀马空"，从乐观对待睡眠的态度上，也可以看出他的素养和心志。郑伯熊一度免官，住在没有邻居的院落三间小房中，依然知足常乐，他在诗中说"人生得意须几许，一睡稍足无余情"。还说自己不是世间享福的人，所以期望不高，能够保持睡个安稳觉就满足了。

虽然历史发展了，但是郑伯熊对待睡眠的观念和做法依然值得我们借鉴。

首先中年之后睡眠时间减少是自然规律，不必大惊小怪，一定要避免精神紧张和过度治疗。其次做人要心胸开阔，清清白白，不被名利所困，不为报应担忧，正所谓："不做亏心事，不怕鬼叫门。"心态平和，少忧虑、少烦恼，不至于因此影响睡眠。再者要懂得感恩、懂得知足常乐，尤其入睡困难时多想想自己满意、快乐的事。总之，像郑伯熊那样，于无眠处寻自得，保持愉悦心情，以有利于睡眠，有利于健康。

勤劳能够延年益寿

顾元庆，字大有，明代江苏苏州人，著名藏书家、刻书家、茶学家。顾元庆聪明博学、多才多艺，工于书法，著述颇丰，且善于养生，史料记载七十七岁犹能吟对不倦。顾元庆在《檐曝偶谈》中阐述了勤劳能够延年益寿的道理。

顾元庆认为勤劳有三大益处。他说，为人的生计在于勤，勤劳就不会受穷，农夫不种田，必定忍饥挨饿，农妇不养蚕织布，必定会缺衣少被。因为勤劳可以避免饥寒，所以农夫白天会尽力耕作，夜晚酣然而睡，于是非分之想无从升起，从这个意义上讲，勤劳能让淫邪的念头远去。再者，户枢不蠹流水不腐，"元圣"和儒学先驱周公在论三宗文王延寿之道，也归功于勤劳而不贪图安逸，"主静则幽悠远博厚。自强则坚实精明。操存则血气循轨而不乱。收敛则精神内守而不浮。"所以说勤劳能够延年益寿。

勤劳是劳动人民的本色，是中华民族优秀传统，在文化史册中也不乏关于勤劳的名言警句、寓言故事，但是，大都着重于勤劳致富观念，像顾元庆这样视勤劳为养生手段确实另有一番新意。

顾元庆处在生产力非常落后的封建社会，他所指的勤劳与安逸还有相对的局限性，但在朴素语言中蕴涵的精神实质非常明晰，换作现代语言概而括之，就是勤劳致富不至于因贫穷而贻害身体；勤劳培育浩然正气，不至于因违法犯罪惹上祸端危及人身平安；勤劳能够锻炼筋骨从而身强力壮、少患疾病。毋庸置疑，顾元庆所言很有道理。

社会发展尤其现代科技的进步，较之封建社会，生产力、生产关系发生了天翻地覆的变化，劳作不再是单一的种田，就连种田这种过去被公认最苦最累的劳动，也随着机械化、电气化、自动化程度提升渐渐消减笨重、脏累的特性。不过，这不代表我们可以丢弃勤劳传统，也不能因此否认顾元庆勤劳能够养生的理论。

百业俱兴，很多的人可以"不耕""不蚕"，但是，总不能躺在安乐窝中醉生梦死，日夜盼着天上掉馅饼。勤劳的反面即是懒惰，懒惰的人就很可能得不到足够的财富过上优裕的日子；就很可能贪图安逸追求享受走上用不正当手段攫取财富的歧路；就很可能由于肢体不勤疏于锻炼导致体弱多病的后果，而这些可能归结起来就是可能影响人的健康平安，与人们祈求延年益寿的愿望背道而驰。

时代变迁，社会物质文化生活水平、人民群众幸福指数普遍显著提高，但顾元庆勤劳能够延年益寿的理念依然有借鉴意义。从养生角度来讲，我们在享受现代社会进步成果的同时，还要巩固、弘扬勤劳的美德，还要发扬"自讨苦吃"的精神，培育壮大自身的浩然正气，做一个身心健康的人，从而达到延年益寿的终极目的。

刘贺不践行养生之道成废帝

　　刘贺是昌邑哀王刘髆的儿子，一向行为狂妄放纵无所节制。公元前74年，没有儿子的汉昭帝驾崩，刘贺被立为皇太子，继而承袭皇位，但好景不长，在位不足一月即被废除，成为西汉历史上最短命皇帝。

　　刘贺出身王侯之家，理当有条件接受良好的教育，得到关爱和栽培，事实确也如此，只不过刘贺对良言规劝置若罔闻，我行我素。

　　《资治通鉴》记载，琅琊人王吉曾经上书劝导刘贺养生。在精神上，希望刘贺改变无度游玩逸乐的恶习，研读经书，从涵养品德中获得快乐。"夫广厦之下，细旃之上，明师居前，劝诵在后，上论唐、虞之际，下及殷、周之盛，考仁圣之风，习治国之道，欣欣焉发愤忘食，日新厥德，其乐岂衔橛之间哉！"形体方面，提倡适度进行具有积极意义的锻炼。"休则俯仰屈伸以利形，进退步趋以实下，吸新吐故以练臧，专意积精以适神，于以养生，岂不长哉！"

　　王吉的养生之道既非常系统也有针对性，可谓切实可行。刘贺不乐于读书，长期在野外游猎颠簸，倘若能够静下心来学习史书，见贤思齐，学习治国安邦的道理，不断修养提升精神境界，便能够在养护身体的同时愉悦心情。而通过阳光健康的运动和吐故纳新，使得肢体健壮，心神调和，精力充沛。

王吉规劝刘贺养生，目的是引导刘贺改邪归正，使其"心有尧、舜之志，体有乔、松之寿，美声广誉，登而上闻，则福禄其臻而社稷安矣。"这样不但有益于自己也有益于国家。

不难看出，王吉提倡身心俱养，而且把修身养性放在了养生的首位，这与历史名人"读书可养身心""致寿从养心开始"等养生观念完全一致。养心的本质是养德，也就是涵养品德。很可惜，刘贺虽然认可并嘉奖了王吉的上书规劝，但在行动上依然故我、放纵自若，没作丝毫改变，也就没有任何提高，尤其在德行方面，狂妄寻欢，骄横放荡，不守规矩，为以后的恶果埋下了伏笔。

刘贺是一位短命皇帝，但从他身上折射出来的养生重要性同样适用于任何人，具有普遍的借鉴意义。司马光把刘贺因为不懂养生、不愿养生、不践行养生之道而断送前程编纂进《资治通鉴》，是值得我们深刻思考的。

郑瑄直指古人养生之误

　　人人向往健康长寿，所以古人一直探索、追求养生之道。如何养生，的确是一门大学问，即便古人，也难免走进误区。郑瑄所著的《昨非庵日纂》一书中，就曾列举古人养生的不当行为，至今读来仍有借鉴意义。

　　郑瑄，字汉奉，闽县下渡人，明崇祯年间进士，任过南京巡抚等职，在任为官清廉，体恤民情，口碑不错。郑瑄天资聪慧，精通文学，著有《抚吴疏草》等书，不过仅《昨非庵日纂》传世。

　　郑瑄文章中所说的古人养生之误，大体归纳为几种情况。

　　首先是不懂人之生老病死的自然规律。郑瑄说，没有什么人可以长生不老，比如伊璠勇猛无比，多次逃脱贼人的追杀，却意外死于猛兽口中；蚩尤力大无穷，却终于被轩辕歼灭；项羽举鼎拔山，还是毙命于汉高祖，都充分说明生老病死的规律不是力量大就能打破的。秦始皇为了防备胡人入侵修筑了长城，结果还是被儿子胡亥败落以致灭亡；后周世宗千方百计剪除异己，最终没有逃脱宋太祖的罗网。

　　郑瑄说，不懂生老病死客观规律的人，对死亡充满恐惧，或者心神不安、日夜焦虑，备受煎熬。或者欲望无穷，心事重重，虑及天下，没有生活的乐趣，有损身体健康。

为了长生不老，也有古人陷于唯心主义的养生怪圈，违背科学精神，失去理智，所作所为与养生的初心背道而驰，以致深受其害。郑瑄举例说，唐太宗李世民炼丹食丹，反而更加烦躁干渴，史载这位颇具雄才大略的一代英主"服胡僧药，遂致暴疾不救，"损折了寿命，仅仅活了52年；南唐军事家高骈重用术士装神弄鬼，祈求延年益寿，结果弄得上下离心，为部将所杀，死于非命。

其次是片面养生，攻其一点不及其余。郑瑄举了单豹的例子：单豹喜欢方术，只练内功，脱离尘俗，不吃粮食，不穿棉絮的衣物，居住在山林岩穴，以求保全自然赋予的天性，结果体力衰败，不到一年，便被老虎吃掉了。像单豹这样忽略强壮体魄的基本物质要求，怎么可能避免夭折的命运呢？

前事不忘，后事之师。郑瑄的文章虽然没有道尽古人的养生之误，但所包含的内涵，仍然非常重要，值得我们借鉴。要吸取古人错误养生观念、错误养生方法的教训，客观地看待生老病死，以积极乐观地态度从容迎接生命的每一段旅程。人生在世要胸怀大志，淡泊名利，不为虚名、物欲所困，更不要为一己私利危害社会、损人利己，心静自然保平安。不要听信和实行违背科学精神的养生方法，也不要片面养生，选择适合自己的雅好，强壮身体，修身养性，陶冶情操，升华灵魂；坚持科学锻炼，补齐养生的短板，保持健康的身心状态，自然能够延年益寿。

高允以德养寿

　　司马光在《资治通鉴》中记载了一位长寿的封建社会官员，这个人就是南北朝时期的北魏大臣、著名文学家高允。

　　高允，字伯恭，今河北景县人，生于公元 390 年，以 98 岁高龄辞世。高允在世时，是我国历史上最为动乱的年代，不但国与国之间战乱不断，就是在各个国家内部也是争权夺位、杀戮迭起，用社会动荡、民不聊生来形容一点不过分。在这样的背景下，高允非但能够躲避祸端，而且还能健康长寿、安享人生，肯定不仅仅是运气好那么简单。仔细揣摩有关记述，我们会发现高允的长寿与他的为人处世有直接的关系。

　　"历事五帝，出入三省，五十余年，未尝有谴；冯太后及魏主甚重之，常命中黄门苏兴寿扶侍。"历史上有数不清的"高处不胜寒"，作为五朝元老，高允却从未受到过责备，反而备受优厚待遇，显然，这样的氛围对人的身心健康非常有益，而这样的状况，自然是高允本人努力的结果。高允审时度势，处事得当，清廉公正，一生兢兢业业，年近百岁，仍志向不改，专心旧职，披阅史书。高允的功绩，史册多有记载，太武皇帝就曾欣赏高允重视农耕的观念，废除"田禁"，惠及国家与百姓。

　　高允喜好读书，"执书吟览，昼夜不去手"，"诲人以善，恂恂不倦"，学者的形象跃然纸上。高允喜好文学，博通经史、天文、术数，既是政治家，又是文学家。宋朝进士张英说："人心至灵至动，不可过劳，也不可过逸，唯读书可以养之。"认为读书使人增长知识、明了道理、增进涵养、开阔心胸，能客观地看待一切事物，保持心态的平和，非常有益于健康。而高允学识渊博，真正做到了学而不厌、诲人不倦，从精神健康的角度来说，高允高常人一筹。

因为饱读史书，高允能够温故知新，明辨是非，通晓利害，预见政事未来走向，主动规避仕途中的风险。理所当然，自身安全是长寿的基本要素。

高允仁义宽厚，简朴恬静，"虽处贵重，情同寒素"，这样的人情操高尚，不追求奢侈腐化，不迷恋声色犬马。有人曾上奏文成皇帝："高允虽然蒙受恩宠，但家里贫穷得像普通百姓，妻儿都无以为生。"文成皇帝到高允家中，所见只有草屋几间，布被麻袍，厨房中只有一点盐菜。叹息说："古时的人有清贫到这样的吗？"立即赐给绵帛和粮食。

高允自身生活俭朴，但对下属、对百姓极为体恤，对流离饥寒的亲人、故旧"倾家赈施崐，咸得其所"。高允四十多岁时参与评决狱事，同僚都因贪污枉法获罪，唯有高允因清廉公正而得到嘉赏。高允如此淡泊物欲，不存妄念，心怀慈悲，心境自然是安详的。

史书记载高允本性耿直忠厚，处事光明磊落，为官尽责守政，处事公平公正，在一些重大历史事件中，无论多么敏感，依然会据理进言，同时又没有丝毫张扬卖弄。高允一生居功至伟，屡屡推辞褒扬，忠诚谦让而不自矜，为人处世深受世人推崇，文成皇帝说："像高允这样的人，才是忠臣。"

高允品德高尚，是一个在封建社会先做人再做官的楷模。

　　高允一生担负重任，呕心操劳，却得以长寿，是与他的德分不开的。有德，心底无私，胸怀宽阔，淡泊名利，心态平和，不为私欲所累，不会醉生梦死，不会超越纲常法纪，平安健康有坚实基础，长寿便是顺理成章的事。

"长生药"要了唐宣宗的命

《资治通鉴》记载，公元859年，唐宣宗吃了医官李玄伯、道士虞紫芝、山人王乐所炼的丹药，背上长起毒疮。八月，毒疮发作，唐宣宗卧病不起，宰相和朝士都不能得见，不久驾崩，这便是"长生药"害死唐宣宗的史实。

唐宣宗李忱是唐朝第十六位皇帝。李忱性格明察沉断，勤于政事，用法无私，从谏如流，重惜官赏，恭谨节俭，惠爱民物，在位期间国家相对安定繁荣，史称"大中之治"。

一位饱读《贞观政要》治国有方且非常有建树的皇帝，因为服用丹药，仅仅五十岁便一命归西，真是历史的悲哀！

任何人都有追求延年益寿的本能和权力，但是，养生是一门科学，必须遵循客观规律，倘若选择错了方向和路径，极有可能带来严重恶果。唐宣宗是一代天子，权力比较平常人大得多，拥有更多的养生资本，由于方向不正确，权力、能力越大，投入越多，便在错误的道路上走得更快、更远，因而造成了更为悲惨的结局。

唐宣宗很希望自己长生不老，这本没有错，错在迷信神仙道教。《资治通鉴》记载，唐宣宗曾经派遣宦官充当使者到罗浮山迎接道士轩辕集，轩辕集来到长安，唐宣宗将他召入宫中，二人有一番对话：问曰："长生可学乎？"对曰："王者屏欲而崇德，则自然受大遐福，何处更求长生！"

轩辕集的说法没有错，长生不老是不可能的，但只要顺应自然，清心寡欲，崇尚道德，延年益寿没有问题。可惜唐宣宗固执己见，听不进金玉良言，非要吃什么丹药，实在是自寻死路，害了卿卿性命。

唐宣宗之死是不当养生的反面典型，这一前车之鉴在当今社会尤其有着现实意义。

现代社会没有神仙皇帝了，也没有什么人堂而皇之地公开炼丹，但是，经过包装而变异的"长生药"还是多之又多。

如今的"长生药"就是保健品。

一方面，随着社会的发展，不得温饱的日子渐渐远去，人们的物质生活显著改善，延年益寿越来越成为大众的追求，保健品有着广泛的群众基础和广阔的销售市场。

另一方面，在社会主义市场经济初级阶段，受经济利益的驱动，保健品行业迅速崛起，保健品种类五花八门，口服的、外用的、器械的形形色色，并很快形成了研发、制造、销售的产业链。

除了类似直销、传销的形式进行兜售，推销保健品的广告还频频出现在一些电视广播节目中和报纸杂志上，至于互联网的宣传更是无孔不入；推销手段也是花样繁多，上门推销、免费试用、参与有奖、无偿提供旅游机会等等，优惠活动层出不穷。

虽然不是正规的药物，但很多保健品若隐若现地肆意渲染，力图给人们造成"包治""专治""根治""无所不治"的印象，至于实际效果，只有天知道。

保健品推销对象，首先瞄准经济条件相对宽裕又迫切希望健身养生的中老年人群，必欲掏尽其腰包而后快。

前不久我因病住院，一位同龄病友的夫人对我诉苦，说老公不让她掌管家庭财权，还曾打破过她的头。经过询问，原来这老太太不听劝阻，疯狂购买保健品，花费掉十几万元不说，还吃得掉头发，老公忍无可忍才采取了断然措施。

我相信像这位老太太一样上当受骗的人还有不少。

不能说所有的保健品都没有裨益，但是，绝对不是任何人都需要保健品。诚如轩辕集所言，保持平和、善良的良好心态，维持正常地饮食、起居，辅以积极、科学地体育锻炼，就是最好的养生保健，哪里还用得着什么灵丹妙药。

连皇帝老子都死于"长生药"，指望保健品延年益寿岂不是天方夜谭？

"安乐先生"的安乐之道

近来翻看《宋史》，对"安乐先生"的安乐之道甚为欣赏。

"安乐先生"本名邵雍，字尧夫，祖籍河北涿州，后安葬亲人于河南林州，故一说河南人，是北宋著名理学家、数学家、道士、诗人，为"北宋五子"之一。

《宋史》记载，邵雍博学多才，性情清而不激、和而不流，为人坦荡平易、忠厚朴实，贤德闻名遐迩。当时的许多名士都很尊重邵雍，名其居曰"安乐窝"，邵雍由此自号"安乐先生"。

"安乐先生"并非浪得虚名，史书比较详实地介绍了邵雍的安乐之道。

安于清贫。少年读书时期，邵雍即"坚苦刻厉，寒不炉，暑不扇，夜不就席者数年"。后来居于洛阳，"岁时耕稼，仅给衣食"。尽管所居茅草房不蔽风雨，辛辛苦苦亲手砍柴烧火煮饭侍奉父母，还时有断炊，他却怡然自得感到很快乐。当时很多人不知道邵雍乐从何来，其实这是他安于清贫的精神境界决定的，试想，逐日为名利、贪欲所困扰和忧愁的人，怎么会有这样的快乐？

喜朋近友。邵雍有学识，人品又好，所以人们敬重他，富弼、司马光、吕公著等众多贤能的人退居洛阳的时候，常常互相一起串门游览，还为邵雍买园圃住宅。司马光一直把邵雍视为兄长，在邵雍病重之际，司马光和张载、程颢、程颐从早到晚守候在侧。拥有如此真诚深厚的友情，自然是人生快事。

小有雅好。邵雍每天早晨焚香端坐，下午饮三四盅酒，微醺而不醉即止，兴致所至便哦诗自咏。春秋季节就在洛阳城中游玩，外出乘着小车马，自己牵着缰绳，随心适意而行，风雨天则居家不出。这该是多么悠然自得、多么惬意的心境和神情！

养德行善。邵雍品性气质纯粹浩然，一看就知道是贤德之人，然而他又不事张扬，与人交往磊落坦荡平易近人，整日和大家闲居宴请笑谈，没有什么异样之处。邵雍与别人说话，乐于称道别人的善行而避谈别人的毛病。遇到有人请教学问，邵雍便耐心予以解答，从不把自己的观点强加于人。对人不分贵贱老少，一概以诚相待，因此，贤德者喜欢他品德高尚，不贤者心悦诚服为他感化，甚至一时影响洛阳人才盛况空前，忠厚之风传闻于天下。为人处世有这样纯净的思想境界，有这样祥和的心地，恰如快乐有了无竭无尽的源泉。

志得意满。邵雍两次被举荐为官，都坚决推辞，迫不得已接受任命后也称病不赴任，但是这不代表邵雍没有志向。"雍少时，自雄其才，慷慨欲树功名。"可见邵雍少年即踌躇满志，只不过他追求的不是仕途，而是学问。"雍探赜索隐，妙悟神契，洞彻蕴奥，汪洋浩博，多其所自得者。"这学问该是多么高深！邵雍根据自己对自然世界物理性命的感悟，写下《皇极经世》《观物内外篇》《先天图》《渔樵问对》等十余万字的著作，因创作《梅花诗》被后人誉为中国古代十大预言家之一。生而为人，有这样的建树，邵雍没有什么可遗憾的了。

众望所归。邵雍的名望极盛，以至于士大夫们的家人听到他车子的声音就争相恭候迎接，连小孩、用人都欢呼跳跃，相互转告说："我家的先生到了。"常常被人留宿款待；还有的人特意准备房屋，等待邵雍到来时居住。受人尊重到这样的程度，已经不是被认可那么简单，处于这样的社会氛围，不是安乐又是什么？

作为古代贤者，邵雍的安乐之道确有其特别之处，但并非高不可攀。即使现代社会，邵雍在精神方面的修为、追求，在处世为人方面的做法，都值得我们思考和借鉴，倘若今人能够切实见贤思齐，或许安乐也就在其中了。

葛乾孙巧治"富贵病"

　　葛乾孙，字可久，明代苏州府长洲县人。他的父亲葛应雷医术著名。葛乾孙继承了父亲的医术，但一般情况下不肯为人治病，偶尔应诊即有奇效，故而名声大噪。

　　《明史》记载，其时有一名富家女子生病，四肢麻痹，两眼瞪直，不能进食，多方求医却毫无效果。葛乾孙让人将女子房中香奁、流苏一类物品全部拿走，挖掘了一个地洞，把女子置于其中。久而久之，女子手足动弹，也能说话了。葛乾孙又让她服下一粒药丸，第二天这个女子就自行从地洞中走出来，完全恢复了健康。

　　在故事的结尾，史书的作者称赞葛乾孙"其疗病奇中如此"。

　　葛乾孙洞悉女子嗜香过度伤及脾脏的病情，遵循中医阴阳平衡、气血调和的原理，采取釜底抽薪的方法，辨证施治，一举治愈了他人没有医好的疑难病症，的确是医术高明。但是，我认为这个故事给我们的启发，重要的不是葛乾孙的医术，而是文中女子的怪病——"富贵病"的警示意义。

　　或许，古代女子嗜香是一种追求美的手段，在生产力落后、生活水平低下的封建社会，这也仅仅是富裕人家才有的事情，正如书中交代，患者是一名"富家女"，明明白白告诉我们，女子得的是"富贵病"。

"富贵病"古已有之，而今愈演愈烈，不必细数，也尽人皆知。

营养过剩引起肥胖最为常见。20 世纪后期我国开始的改革开放，很快解决了温饱问题，进而吃鲜、吃精、吃好成了社会常态。"食色，性也。"抵挡不住美食诱惑的人，显而易见地发福起来，而肥胖是高血脂、高血压、高血糖的重要诱因，考虑到它的广泛性，肥胖列"富贵病"之首毫无问题。

现代科技的负面影响。譬如电脑、电视、手机的普及，在带来工作、生活极大便利和更多乐趣的同时，也无形中造就和助长了人们的惰性，久坐不动，盯住不放，对眼睛、腰椎、颈椎的伤害，令人苦不堪言。

随着经济条件的改善和西餐的扩延，生冷、油炸、烧烤、煎制品越来越多，这类食品往往口感非常好，其实是最为可怕的健康杀手。油炸、烧烤不但破坏了食品本有的维生素，而且有些添加剂超标，还容易产生亚硝胺、苯并芘、丙烯酰胺、多环芳烃等等元素，造成对神经、血液、内脏的损害，甚至诱发癌症。

爱美之心人皆有之，而不恰当的整容、美容却往往事与愿违。因为填充物质量不高、放置不当，因为劣质美容品的侵染，因为手术粗糙，常有出现感染、过敏的现象，影响人体器官的正常功能，甚至对人体器官造成严重伤害。近几年来，这样的报道屡见不鲜，可是总还有些人为了虚假的美丽，甘愿"飞蛾扑火"，自讨苦吃。

除了上述情况，还有饲养宠物引起微生物感染、沉溺于某种现代娱乐方式不能自拔、偏执地选择不当健身方式，都会有损身体健康，严重者甚至危及生命。凡此种种，都是伴随当今时代物质文化生活水平提高产生的"富贵病"。

　　无论古今，"富贵病"都有两个共同的特点，一是患者生活在相对富裕的环境中，另外就是患者的不当追求、自制力差是致病的重要或者说主要原因。有所不同的，是如今的"富贵病"更具备了多发性、群体性的特点，而且较之古代，有些"富贵病"更为凶险，像艾滋、癌症这样的病症，现代医学手段尚且没有完全治愈的能力，即使葛乾孙再世，恐怕也无能为力。

　　"富贵病"虽然难治，但是主动权还是掌握在人们自己手中，那就是预防为主。

　　"富贵病"具有与个人生活习性息息相关的属性，明白了这样的道理，只要防患于未然，绝大多数的"富贵病"完全可以避免。倘若真的能够"管住嘴、迈开腿"，不贪口舌之福，选择适合自身的方式进行锻炼，洁身自好，不追求违反人身生理健康规律的所谓漂亮，远离黄赌毒那样的娱乐享受，"富贵病"自然与你无缘。

古人视过度医疗是草菅人命

近几年，医学界流传一种说法叫作过度治疗，其实这种行为古已有之，只不过没有这么个名分而已。

古人认为过度医疗是草菅人命，危害极大。

《清史稿》记载，清代浙江杭州有一个叫高世栻的人，小时候家里非常贫穷，他刻苦学习当时的一些医学书籍，在二十三岁那年开始为人治病，并且有了一定的声望。后来他自己病了，请一位名医治疗，结果越治病情越严重。很久以后，他索性停止用药，身体却痊愈了。他恍然大悟，说："我为人治病，毛病也出在这里，这是草菅人命啊！"

过度治疗就是草菅人命，这话真是掷地有声！

高世栻在其后的心得中所说："不知十二经络，开口举手便错；不明五运六气，读尽方书无济。"高世栻在顿悟之后，"乃从志聪讲论轩、岐、仲景之学，历十年，悉窥精奥。遇病必究其本末，处方不同流俗。"深谙"医理如剥蕉，剥至无可剥，方为至理。以之论病，大中至正，一定不移"。最终达到"治千人，无一损"的水平。

历史发展了，现代社会的医疗水平非昔日可比，先进的检测手段和治疗技术，减轻了人们身体和精神上的痛苦，挽救了更多人的生命，但是，过度治疗现象并没有消除，反而更为常见。

客观地说，过度医疗首先是医生的过错，而有些过度医疗，也有患者自身的原因。有些患者缺乏必要的医学知识，不了解人体的自我调节功能和自愈能力，心理上产生对疾病本能的极度恐惧，哪怕医生已经做了解释，还是主动地要求吃药、打针、输液，希望早日解除病症，花钱没关系，买个放心就踏实了。尤其随着物质生活水平的提高，温饱不成问题，健康和长寿普遍上升为生活的终极目标，跑大医院，找名医，人们追求过度医疗的心态日趋严重。其结果就有可能事与愿违，甚至适得其反。

祛病健身而又防止过度医疗，首要的是医者德艺双馨，尤其是医生的责任心。我的祖父生前是一位中医，虽然没有高世栻那么有名气，但是兢兢业业惠民一方，直到八十多岁还为人看病。祖父诊病用药非常慎重，很少一次开出超过三服药，有的病人只开一服药，次日根据效果决定怎么处理，印象中我祖父行医半个多世纪，没有什么明显失误。

不同于古代，现代的过度治疗，未必都是某个医生的个体行为，从产药、供药到用药，从接诊、检查到治疗，一条龙的利益链上，有个体也有集体，所以，杜绝过度医疗，仅仅要求医生怎么做是远远不够的。过度治疗是一种社会现象，必须动员社会力量，尤其须要强化社会管理机构的引导和制约机制，对医疗机构实施有效地监督、管理。

无论医术还是医德，高世栻足为医者楷模。新时代的医者，应该弘扬先贤医术精益求精、医德正直无私的品质。有了医者的为民精神，有全社会力量的监管，再有患者的主动配合，过度治疗顽疾，应是能够治愈的。

朱棣吃生芹菜染病

朱棣是朱元璋的第四个儿子，明初被封为燕王，靖难之役后登基，史称明成祖，又被称为永乐皇帝。《明史》"戴思恭传"中记载了朱棣吃生芹菜染病的事情。

洪武年间，浙江浦江人戴思恭被朝廷召为御医，戴思恭医术高明，所治之病立即痊愈，朱元璋十分看重他。燕王朱棣患瘕疾，朱元璋派戴思恭去医治，戴思恭想其他医生用的药也很好，却一直没有效果，于是就问朱棣有什么嗜好，朱棣说喜欢吃生芹菜。戴思恭说："明白缘故了！"遂开一剂药服下，朱棣夜间大泻，所泻都是细小蝗虫，随后朱棣病愈。

毫无疑问，戴思恭医术不凡，此前其他医生久治不愈的顽疾，他一剂药就能治愈，的确是一代名医。戴思恭遵循中医望闻问切的诊病原理，从朱棣的生活习性中发现了得病的根由，说明他有丰富的治病经验，还有细致入微的责任心。历史上的戴思恭品德高尚，正直无私，但是由于与本文无关，也就不再赘述。

至于明代第三任皇帝朱棣，在这段文字中就是一个因为吃生芹菜染病的患者。这件事情告诉我们，无论你是不是出身高贵，无论你是不是家财万贯，如果不保持健康、科学的饮食卫生习惯，同样都会生病。所幸朱棣遇到了戴思恭，得到了及时治疗，否则，任由寄生虫在体内蔓延，也有可能病入膏肓，以致历史上有没有这位永乐大帝，也未尝可知了。

"病从口入"绝非妄言。而是人们在多年生活实践中得出的经验之谈。

在一个漫长的历史时期，我国人民大众的生活水平低下，长期不得温饱，填饱肚子是人们的首选需要，更谈不上什么科学营养饮食、卫生标准，这样的情况在农村更为严重，长期以来便养成了不怎么讲究卫生条件、卫生生活方式的习惯。记得小时候听到最多的一句话，就是说"不干不净吃了没病"。为了填饱肚子，生的冷的照样吃，掉在地上的捡起来吃，已经发霉变质的坚持吃。如此一来，人们的健康状况不佳、发病率高、人均寿命不长，也就在所难免。

社会发展了，广大人民群众的物质文化生活水平大幅度提高，可是。改变人们长期形成的生活习惯比改善物质生活状况要困难得多。

在很多地区，人们还沿用着食生菜的习俗。的确，有些食物生吃口感更好，营养也不错，但是，并非所有食物都适合生吃，所以应区别对待，预防细菌、微生物、寄生虫的感染，杜绝疾病上身。

如果依照传统习惯生食致病，还有情可原，那么为了满足口腹之欲，创新出一些吃法招致疾病，纯粹是自作孽了。

二十一世纪初，曾经在全球引发恐慌的非典，据说起初就是因为人们食用果子狸得以传播的。那场疫病不但夺去了许多人的生命，而且严重地扰乱了社会秩序，一时间，学校不能正常上课，机关不能正常办公，企业不能正常生产，防治非典成为全社会的首要任务，造成的社会危害，远不是一个朱棣吃生芹菜染病可以比拟的。

实行改革开放以来，国外的生活方式也在国内引起巨大影响，一些生冷料理、油炸煎烹烧烤食品越来越多，不一样的口感，确实丰富了饮食内容，但也对中华民族崇尚粗茶淡饭的传统膳食习俗产生严重冲击，某种程度成为肥胖症、高血脂、高血压、高血糖的诱因。

经济条件富裕了，改善生活水平，吃得好一点儿无可厚非，不过，这个好首先是要科学、营养、保健，单纯的口感好并不是真正的好，而且还有可能损害身体健康。

朱棣因吃生芹菜染病，或许是他不知道其中的利害关系，而现代社会的有些人。明明懂得"病从口入"的道理，却管不住自己的嘴，难道保护身体健康，争取延年益寿，不比贪一时口舌之快更为重要吗？

林英以无烦恼养生

林英，字希宾，福建莆阳人，庆历六年考中进士，因避宋仁宗（赵祯）同音御讳，改名悦。林英二十二岁即登仕途，先后历事宋仁宗、宋英宗、宋神宗、宋哲宗、宋徽宗五朝，累官至金紫光禄大夫。

《孙公谈圃》记载，林英七十岁退休的时候，"气貌不衰，如四五十岁"，人们感到惊奇，于是向林英请教养生之术，而林英也毫无保留地作答。林英的养生经验言简意赅，只有三十多个字，但字字珠玑。

"平生不会烦恼"是林英颇具概括意义的开场白。身体健康，包括精神和肉体两个方面，肉体是精神的载体，而精神是肉体的统帅。如果一个人心安神宁，身体自然气血畅通和顺，百病难以入侵；反之，如果常常心怀烦恼，那么就容易转化为焦虑、忧郁、愁闷、恐惧甚至愤怒，这种负面情绪能够抑制身体调节平衡功能，必然导致气机紊乱，内分泌失调，对正常的血液循环、肠胃消化、精神颐养均十分有害。

不烦恼有益健康，懂得这道理容易，做到却很难，林英是怎么做到的呢？他说："明日无饭吃也无忧。"

这个无忧十分关键。倘若忧国忧民也还有情可原，事实上世人之忧多是杞人忧天，忧虑那些不切实际的事物，以至于吃不好饭睡不好觉。这种状况在当代老年人中最为多见，虽然丰衣足食，却在忧虑子女的日子不幸福，忧虑干事业的人们做不好，忧虑社会风气不端正，以至于自寻烦恼，牢骚满腹，好像自己不说点什么、不做点什么，地球就不转了。

当然，林英不可能吃了上顿儿没下顿儿，他说"无饭吃也无忧"是形容保持豁达的心态，不去忧虑那些没必要担忧或者担忧也没用处的事情。

"不会烦恼""无忧"并不是精神空虚，什么也不想、什么也不干。人生天地间，如果从精神到行为都是一片空白，那真的是行尸走肉了；况且，人的生存、生活总会有很多事情需要面对，有很多问题需要解决。"事至则遣之，释然不留胸中。"林英多么明智！忧愁于事无补，遇事该怎么做就怎么做，一了百了，完全不必耿耿于怀。

林英是五朝元老，还多年担任御史、大理卿这类具有敏感利害关系的职务，其间经历的矛盾和风险可想而知，全身而退实属不易，得罪人、掉脑袋并非不可能，倘若患得患失，必定烦恼无穷、忧愁无限。然而林英"治狱多所全活，若有所见者"。在是是非非的社会生活中感悟做人的真谛，凡事处之泰然，直到七十岁告老还乡，八十二岁寿终正寝。

大凡人之烦恼、忧虑都是私欲所致，或贪名，或贪利，或贪情，深陷其中不能自拔，"问君能有几多愁，恰似一江春水向东流"，日思夜虑，身心俱疲，又谈何延年益寿？

史载林英熟读诗书，识趣端高，"与人交，上无谄，下无狎，嗜学如饥，赴义若渴。"为人光明磊落，为官刚正廉明。任职泉郡无滥狱，离任漳州百姓遮道相送，在京为官，劝谏宋仁宗、宋英宗爱养民力，劝谏宋徽宗清心寡欲，察贤远佞。宋仁宗称赞林英"益殚忠荩"，世人评价林英"清而不耀，直而不激，勇而不猛"。

　　归根结底，林英的"不会烦恼"是由他的思想品质决定的，有了心底无私、胸怀坦荡，林英才具备了"无忧"的道德基础。后人若想借鉴先贤的养生之道，当然也要从戒除私欲、提升精神境界做起。

后　记

　　《古镜今鉴》付梓，意犹未尽。

　　史海浩瀚，国学精深，泱泱中华上下五千年，区区百八十篇小文，自然是挂一漏万。越读越知不足，越读越感觉读得晚了，于是，当我自感力不从心，决定做一个阶段性小结的时候，发自肺腑的一句话，是"恨未相识少年时"！人生虽然短暂，但不无曲折，有过春风得意，也有过坎坷挫折。假如，假如从少年就读史，吸取、借鉴先贤为人处世的经验，早日多懂一些修身齐家治国平天下的道理，生命历程肯定平坦得多。

　　晚读胜于不读，能够把读史的感悟分享出去，实现丁点儿社会价值，对我个人来说，这也是一种安慰。当然，有些史料，虽然我翻来覆去读过多遍，并没有单独写成文章，但这不代表没有收获，况且，有些感悟只能意会而不能言传，所以，我建议读者还是更直接地多读一些史书。

　　唯有诗书传世长，书是读不完的，生命不息，我当读书不止。

　　一本书面世，不是件很容易的事，所以我衷心感谢相关的文化传媒公司和相关出版社所有编辑老师，谢谢你们与我共同为弘扬国学经典、传承中华民族优秀文化付出的努力；感谢社会各界所有鼓励过我的朋友，谢谢你们一路走来，给予我坚定的支持和陪伴！

　　谢谢！

李业陶

二〇二一年三月